U0025531

序章……5
第一章《跑吧，美樂斯》……11
第二章《越級申訴》……97
第三章《晚年》……173
終章……256

古書堂事件手帖⑥

～栞子與迂迴纏繞的命運～

三上 延

輕文學

Light Literature

序章

睜開重重的眼瞼，只見玻璃窗上有豆大的雨滴。天空是令人厭煩的鉛灰色，耳裡能聽見的只有隱約傳來的雨聲，病房裡靜悄悄的。

這裡是大船的綜合醫院，就在我家附近。病房裡只有栞子小姐和我，她坐在牆邊椅子上專心閱讀文庫本。那是狄更斯的《小杜麗Ⅱ》，筑摩文庫出版。大概是有些冷了，她套著紅色防風雨衣。裝在塑膠袋裡的雨傘與堅固的金屬拐杖靠著牆邊直立，塑膠袋的底部似乎破了，地上形成了一灘小水窪。

去年我經常來醫院。那時候我剛開始在文現里亞古書堂工作，我只是個顧店的（雖說現在也是），每次遇上收購舊書的委託，我就得把書拿到醫院來。不過現在的情況卻是相反，變成栞子小姐到醫院來看我。

栞子小姐突然抬起頭，大概是注意到病床上的我醒來了吧。她喊了我的名字：「大輔，」是她平常的聲音。「你醒來了嗎？」我也很想醒來，可是我沒辦法如願地回答她，似乎是因為手術剛結束，麻醉藥還沒退。

等我注意到時，又已再度睡去。大概是天候的關係，我夢見了雨。我在高架車站的月台上望著降下來的雨，老舊的混居大樓與便利商店屋頂因為下雨而顯得朦朧。

我知道自己摻入了現實的記憶。上個月為了解決寺山修司的《請賜予我五月》所引發的問題，我和栞子小姐曾經造訪位在深澤的一戶人家。我現在夢見的就是當時從單軌電車車站上所看到的風景。

我的身旁站著一位身穿白色防風雨衣的長髮女子，掛在她手腕上的雨傘濕淋淋。不用說這個人是栞子小姐。不，不對。那天栞子小姐沒有穿防風雨衣，而且這個人沒有拄拐杖，儘管相似卻是另一個人。

我睜開眼睛，背部滿是汗水。我舉起恢復知覺的右手，試著在眼前動一動，意識已經清醒。話說回來，這個夢真奇怪。

（……咦？）

我突然覺得剛才的夢境有些不對勁。這麼說來，我隱約憶起當時好像也有哪裡奇怪。我原本都已經完全忘記了。

「你醒了？」

與方才一樣，坐在椅子上的女性說道。她的聲音比栞子小姐略微低沉些。我仔細看著對方，她身穿白色防風雨衣，留著一頭長黑髮，濕淋淋的雨傘靠著椅子，不過沒見到拐杖。

「你好，五浦。」

栞子小姐的母親篠川智惠子闔起原本攤開放在腿上的書。與女兒不同，她看的是外文書，書封上寫著《HOLY BIBLE（聖經）》。

「……好久不見。」

我的音調有點高。我很緊張，這個人為什麼跑來醫院？一定有什麼企圖。

「我們也沒有那麼久沒見面吧。從最近一次見面到現在，大概過了二十天……？不過你身上似乎發生了許多事。」

語氣中充滿嘲弄。她的嘴邊隱約帶著笑意，不過完全無從判斷她究竟在想什麼。

「栞子小姐不在嗎？」

「我來的時候，她已經離開了。」

此時我才注意到病房又比剛才暗了些。看看時鐘，時間已經是傍晚五點。距離栞子小姐上次和我說話，一定已經過了好幾個小時。

「你的傷勢怎麼樣了？」

「聽說鎖骨和肋骨骨折……我想應該過幾天就能出院了。」

我記不太清楚醫生的說明，總之手術似乎很順利。被固定住的左肩動不了，或許是麻醉的關係，我並不覺得痛。

「究竟發生什麼事了？像你這麼強壯的人居然也會搞成這樣？」

太陽眼鏡後頭的眼睛閃閃發亮，篠川智惠子的上半身稍微探向前。我不想回答，不想滿足這個人的好奇心。再說，我為什麼會受傷，這個人應該早就知道了。

「……上個月在單軌電車車站見面時，您當時是去了哪裡？」

我有些惱怒，所以用問題回答她的問題。

「如果想知道我的答案，您得先回答我的問題。您出現在那裡並不只是為了見我們吧？」

篠川智惠子眨了眨眼睛，似乎是我首次猜中了她的想法。雖說我只是把剛才夢到的內容直接說出口罷了。

「你為什麼會那麼想？」

「那天，我們抵達車站的四、五分鐘前才開始下雨。如果您一直待在車站樓梯上等我們的話，照理說雨傘應該是乾的。問題是您的雨傘已經淋濕，證明直到我們抵達之前，您一直在車站外面走動……您當時去做了什麼？」

那個車站附近是住宅區。她會不會是去哪個好友家裡拜訪呢？畢竟深澤是這個女人出生、長大的故鄉。

「我去了便利商店。車站前面不是有一家？」

她很乾脆地回答我。這麼說來也是。見我無法繼續追究，篠川智惠子臉上的笑意逐漸擴大。

「你的著眼點不錯，可惜太掉以輕心了，心中一有動搖也立刻就表現在臉上……你的感受太容易被看穿，所以那個孩子才會喜歡上你吧。」

血液湧上我的腦袋。只要她一提到栞子小姐，我就不會善罷甘休。

「栞子小姐不是那麼惡劣的人。您的女兒是什麼個性，您應該很清楚才是。為什麼要故意說那種話？」

病房裡一片靜默，篠川智惠子一瞬間失去了笑容，但是在我還沒來得及讀取她片段的表情之前，她已經搶先一步開口：

「如果你仔細告訴我你們發生了什麼事，我就老實告訴你那天我在深澤做了什麼。」

「咦？您不是說去便利商店嗎？」

「只是回程路上順便去了一趟而已。你說得沒錯，我的確有其他目的。」

她說得淡然，絲毫沒有愧疚的樣子。

「篠川栞子的母親在自己的出生地做什麼，你應該也很好奇吧？如果還有其他想知道的事情，只要是在我能夠回答的範圍之內，我也會一併回答，包括栞子不曉得的事情。」

我當然很好奇。最近發生太多讓我們考慮要尋根的事情，我也有堆積如山的問題想要請教這個女人。畢竟能夠從了解詳情的人口中問出資訊的機會並不多見。

「……好。」

我不甘願地回答。結果我還是被對方看穿了，並玩弄於股掌之間。我固然覺得氣惱，此刻卻也莫可奈何。

「事情發生在進入六月之後……」

我開始逐一說起發生在我們身上的事。

第一章

《跑吧，美樂斯》

1

在豔陽照射下，繡球花儼然像是另一種植物。有光澤的大葉子與色彩鮮豔的花朵，即使綻放在南方島嶼上也不覺得奇怪。

我躲在茂密的綠意與藍色的陰影裡，望著空無一人的緩坡。這天是六月裡少見的大晴天，天氣熱到讓人不禁覺得夏天是否跳過梅雨季節來臨了。我從剛才開始就不停在擦汗。

我人在鎌倉長谷的寺院附近。一提到繡球花，最有名的就是明月院所在地的北鎌倉，不過在這一帶繡球花也不算罕見。畢竟氣候宜人，適合培育繡球花，所以不需要特別照顧，也能夠開出大大的花朵。

我在酷熱天裡特地跑來長谷，並不是為了欣賞路旁的繡球花，而是在等人。這個人就是正在斜坡盡頭的寺院裡掃墓的舊書狂，也是一年前使得位在北鎌倉的舊書店店長身負重傷的男人——田中敏雄。

一切就從去年田中造訪北鎌倉的文現里亞古書堂開始。他一心想要取得店長篠川琹子小姐手中珍貴的太宰治《晚年》初版書，所以將她從石階上推落。

栞子小姐察覺到對方異常的執著，於是在醫院病床上就開始小心翼翼地布下天羅地網。她引誘經常以「笠井菊哉」假名進出店裡的田中過來，在他面前假裝燒毀《晚年》的真品。

遭到逮捕的田中原本以為自己想要的初版書不在了，於是乖乖接受制裁，等待判決結果——原本應該是這樣。

但是，十天前，文現里亞古書堂收到一封信。信上短短寫著：「我知道妳調包《晚年》的猴戲。和我聯絡。」寄信人是田中敏雄。

我不清楚這是不是田中敏雄寫的信，只要交給警察，請他們協助調查，一切自然就會真相大白。問題是栞子小姐沒有告訴我以外的任何人，甚至包含相關調查人員，真正的《晚年》其實安然無事。因為只要被田中知道了，他一定會繼續糾纏不休。

因此這次的信也是基於同樣的理由，沒有讓第三者看見。不過田中會在調查過程中得知多少資訊就不得而知了。

於是，唯一一個從栞子小姐那兒得知情況的我，正在這裡埋伏。所有審判結束後，田中被保釋離開拘留所。因為今天是田中爺爺的忌日，可以確定他會在長谷出現。我打算找他問清楚那封信的事，只是沒把握能夠順利問出結果，但也只能姑且一試了。

我的名字是五浦大輔，去年開始在文現里亞古書堂打工。大學畢業後，沒能夠找到工作，游手好閒期間，栞子小姐找我到店裡幫忙。我沒有半點舊書、或該說是書的相關知識，我本身並不討厭看書，卻因為「體質」的關係，無法長時間閱讀印刷字體，因此我的工作就是打雜。

在協助舊書店經營的同時，我也擔任栞子小姐解開舊書之謎的助手。這十個月來，我一直在她身邊看著她那不為人知的一面。

老實說，寫那封信的傢伙讓我相當生氣，一方面當然是因為我不願意她暴露在危險中，另一個私人因素則是——

我喜歡栞子小姐。

上上個月我向她表白，表示希望能夠交往，好不容易得到同意的答覆時，卻收到那封信。現在不是我為了交到女朋友而開心的好時機，我們兩人討論過該如何因應，所以我今天才會在這裡埋伏保釋出來的被告。

老是維持同樣的姿勢，我開始覺得累了，挺直背部，重新背好斜肩背包。只不過才鬆懈了短短幾秒，沒注意到對方已經來到面前向我打招呼了。

「五浦？」

啊啊——想不出其他問候方式，我只好點頭回應。

抱著拜拜用花束的田中敏雄稍微瘦了些，白襯衫莫名刺眼，雙眼依舊是清爽的單眼皮，印象中亂翹的頭髮已經剪短到幾乎能夠看見頭皮。他的外表看來是個溫和俊秀的青年，看不出他是會施暴的人。就連經常與他碰面的我，也沒有察覺他的真面目。

「你在這裡做什……啊，不用問我也知道答案。」

田中苦笑。他知道我是來找他的？如果是這樣，那麼留下那封信的，就是這個男人了。

「你是來監視我的吧？看看我是不是試圖接近篠川栞子？」

我把自己的驚訝吞下去。我壓根兒沒想到監視這件事。

「你別瞎操心了，我沒有打算去找她。如果我跑去找她，就會被送回拘留所。」

接著，他邁步朝寺院大門走去。我猶豫了一下，也跟著田中並肩前進。我沒有想過要和他一起去掃墓，不過我原本的確有這個念頭。田中說得沒錯，我外婆和他爺爺「彼此認識」，他爺爺和我大概也有很深的淵源。可惜這已經是將近五十年前的舊事了，無從確認詳情。

「難道除了監視之外，你還有其他事情找我？」

田中面向前方，小聲地詢問。我已經做好了心理準備，決定按照與栞子小姐商量好的方式開啟話題。

「……五月二十六日那天，你來過北鎌倉嗎？」

我的雙眼緊盯著對方問，不想錯過他任何細微的反應。

「有人在文現里亞古書堂附近看到很像是你的男人。」

我沒有提到那封信，避免不小心透露了太多訊息。

「怎麼可能？我怎麼會出現在那裡？應該只是認錯人了吧。」

田中乾脆地搖頭否定，彷彿在說我的問題很蠢。我看不出他的反應是否在騙人，不過還是姑且確認一下。

「真的嗎？」

「真的。再說，二十六日那天，保釋手續還沒結束，我人還在拘留所裡，怎麼可能去北鎌倉……你特地來見我，就是為了確認這麼無聊的事情嗎？」

他的這番話馬上就能夠確認真假，所以應該不是在撒謊。他大概真的還在拘留所裡，如果有共犯的話，就能有人替他留下那封信，但既然我都依照那封信上寫的來見他了，他就沒有必要假裝不知情。考慮到其他可能性的話——

（意思是有人冒充他，留下信件給我們嗎？）

倘若真是如此，反而更教人不安。究竟有什麼原因必須冒用這個男人的名字？再說，寄信人又是從哪裡知道栞子小姐的祕密？對方到底是誰？

「你來找我正好……我沒有打算違反規定去找你們，不過的確有事情想和你們聯絡，可惜我被限制不得靠近你們。」

田中腳步輕快地走在石板參道上。我連忙追上他。

「聯絡我們？為什麼？」

「文現里亞古書堂不是會提供舊書諮詢服務嗎？就像志田先生透過你們找到他的書那類的服務。而且我聽說你們的風評很不錯。」

志田是住在鵠沼的遊民兼背取屋，也是文現里亞古書堂的常客，和田中也認識。之前我們曾經幫志田找回他被偷的文庫本。這麼說來最近怎麼都沒看到他。

「……我們偶爾會接受那類委託。」

我不情願地回答。

「你要做什麼？」

「我想委託你們找尋一本舊書的下落，看看那本書在誰手上。我當然也會支付酬勞給篠川栞子和你。」

我無言以對。他要委託栞子小姐找書？委託自己曾經重傷過的對象？

「你的委託我們才……」

我正想回嘴，但說到一半就停住了。不知道這件事究竟是誰牽的線，也許是這個男人自己。那封信很有可能就是為了促成這次的委託，才會出現在我們店裡。如果真是這樣，我可以不先和栞子小姐商量，就直接拒絕嗎？先看看對方的出招再判斷也不遲。

「你想找哪本舊書？」

我問。寺院的大門處沒有工作人員在場，不過擺著放香油錢的箱子。我們丟進零錢後，穿過大門往寺院裡去。草木茂密的寺院境內就像一座庭園，戴著相同帽子的老人團體在繡球花盛開的小徑上漫步。

田中走向正殿後側，湊到我的肩膀旁小聲說話，彷彿在告訴我祕密。

「我在找太宰治的《晚年》初版書，那原是我爺爺的書。」

我的背脊瞬間僵硬。我曾經聽這個男人親口說過——栞子小姐最寶貝的那本《晚年》很有可能原本是我爺爺的藏書，後來被人低價買走了，那個人一定是文現里亞古書堂的人。

假如真是如此，他果然是看穿栞子小姐的詭計了吧？

「那本書已經被栞子小姐燒掉了。」

儘管知道這招已經沒用，我還是佯裝不知情，但我沒想到田中居然理所當然地點頭。

「我知道啊。我怎麼可能叫你們找一本已經不在世界上的舊書呢？我要找的不是原本在你老闆手上的那本《晚年》。」

「什麼？」

我忍不住驚呼。他究竟是什麼意思？

「我也是直到前陣子才知道是自己誤會了。」

田中更加壓低了聲音。

「我爺爺的《晚年》不是那時候燒掉的那本未裁切書，而是更珍貴……更特別的版本。那本書應該在某個人的手上，我想知道那本書的下落。」

2

正殿後側完全屬於山的一部分，綠意比寺院境內更濃。小範圍開墾的山腰上有一塊墓地，前來掃墓的只有我們兩人。

「從幾年前開始，我就加入了神奈川縣內的舊書迷網路論壇。參加的人數雖然不多，不過在上面可以彼此交換資訊，十分可貴。」

田中一邊說，一邊在汲水區往撈水桶裡注水。

「嗯，我知道。」

我開始在文現里亞古書堂工作時，曾經瀏覽過那個論壇。我是在網路上搜尋店名時找到了那裡，上頭提到在文學館內展示的《晚年》初版書是由本店出借。能夠在論壇裡發言的人只限會員，不過非會員也可以瀏覽論壇內容。

「上個月我收到論壇某個會員寄給我的訊息。我當然不能帶個人電腦或智慧型手機進拘留所，所以無法直接看到內容。不過替我管理帳號的朋友將那一則內容列印出來，趁著探監時拿給我看……不好意思，可以幫我拿一下那邊的東西嗎？」

田中起身，雙手拿著撈水桶和鮮花。我抓起擺在地上的塑膠袋，裡頭裝著小瓶日本酒和線香等物品。從竹林旁的石階進入墓地後，田中毫不猶豫地往斜坡上走去。愈往墓地後側前進，老舊的墳墓愈多。

「寫訊息給我的人自稱是縣內的舊書收藏家。沒有使用本名，所以我也不知道對方是誰……總之，對方似乎知道我爺爺田中嘉雄的名字。對方注意到身為孫子的我會在那個論壇裡出沒，所以發了訊息給我。」

「……你用本名加入嗎？」

一般人都不是用本名，而是以自己設定的暱稱加入那個論壇。我瀏覽過那個論壇，不過沒印象見過田中敏雄的名字。

「怎麼可能。不過媒體報導過我是從那個論壇上得到《晚年》的資訊，所以如果有人發現我的真實身分，也合情合理。」

大概是因為以舊書為目標的跟蹤狂案件太罕見了，去年的事件鬧出很大的新聞。我記得甚至有網站整理了整件事情的來龍去脈。

「總之，那個人曾聽過關於我爺爺那本《晚年》初版書的消息。對方表示，那本書在四十年前由田中嘉雄低價出售之後，最後是由住在鎌倉附近的舊書迷買下。那本《晚年》上頭儘管有太宰治本人加註的字跡，不過沒有簽名，而且有部分書頁已經被裁開……很顯然與當初燒掉的《晚年》不是同一本書。」

順便補充一點，未裁切是不將書的內頁裁開，特地保留摺頁狀態的裝訂方式。過去的書經常採用這種裝訂方式，閱讀時必須以拆信刀割開書頁。

「意思是你爺爺的《晚年》並不是未裁切書？」

去年去拘留所看他時，我聽他自己這麼說過。田中皺著臉點頭。

「爺爺賣掉書後，可能有不懂價值的笨蛋把書頁割開了。這種情況不算罕見……雖然可惜，不過問題在於太宰寫了什麼字。那位舊書迷手上似乎仍持有那一本《晚年》，想必是寫了很珍貴的內容吧。你不覺得好奇心被挑起了嗎？」

田中轉過頭來，臉上滿是笑容。我想不出哪裡令人好奇。

「對方說的話可信嗎？」

我問。不管是寫訊息的人，或是手上有田中嘉雄那本《晚年》的人，我們都沒有半點具體的資訊，只能夠當作是某個匿名人士放出來的假消息。

「寫訊息給我的人，在我遭到逮捕之前就不斷給我許多值得信賴的消息。對方所說的爺爺賣掉《晚年》的時間點與經過，也與我聽過的一致。至少我認為這個人的話值得一聽。」

「既然對方知道那麼久以前的事情，想必年紀應該很大了吧。這種人會上網嗎？」

「現在這時代的老人家也懂得使用網路了。再說，對方也沒有理由需要特地騙我吧？……啊啊，這裡是我家的墓地。」

田中所指的墓地比四周其他墳墓更氣派。矮牆圍起的那一區中央立著大大的墓碑，入口處掛著燈籠。與其說是墳墓，更像是某種紀念碑。但是每塊石頭都斑駁不已，還有裂痕。

田中家世世代代經營貿易公司，到了田中嘉雄那一代因為公司倒閉，財產全都沒了。從這座墓地可以窺見昔日的榮景。

我們兩人合掌祭拜後，開始打掃墳墓四周。

「你不是我們家族的人，不需要動手，我帶你來不是要你幫忙。」

田中這麼說。我只是默默拔著四周的雜草。看樣子這個男人似乎不知情，他不知道長眠在這塊墓地的田中嘉雄與我的外婆有外遇關係——搞不好我真正的外公是田中嘉雄。如果真是如此，一起來掃墓的我們兩人就是親戚了。

我當然沒有打算告訴他這個祕密，也沒有確切的證據，事到如今更不可能把這件事說出口。

「那個，在網路上告訴你消息的人，你聯絡上了嗎？」

我一問，田中一邊繼續手上的工作，一邊誇張地聳聳肩膀。

「離開拘留所之後，我傳訊息給對方，對方也沒有回應。我打算再傳一次訊息，對方卻退出那個論壇了，所以我想聯絡也沒辦法聯絡上。假如你們願意接受我的委託，我就會讓你們看看對方給我的訊息。」

田中收到的訊息與留在文現里亞古書堂的那封信，兩者在我心中連接在一塊兒。時間點未免太過巧合，該不會是來自同一個人吧？雖說我不懂對方為什麼要把事情搞得這麼複雜。

「可是，你為什麼不自己進行調查呢？」

「我當然也想著手調查，昨天還找到爺爺朋友的電話號碼，所以試著聯絡看看。我聽說對方的嗜好和爺爺一樣，喜歡收集古董書，原本充滿期待……沒想到對方說自己不認識名叫田中嘉雄的男人。」

「是不是弄錯人了？」

「不，不可能。我也有印象爺爺提過那個名字，大概是不想幫我吧。爺爺住在鎌倉的舊識，每個人都不想見我，我一直吃閉門羹。」

我心想，這也是理所當然。應該沒有人想要接觸被法院判處有罪的舊書跟蹤狂。

「但是，如果是你們的話，應該能夠查出些什麼。你們和我不同，值得信賴，而且你們身邊就有我爺爺的舊識，所以你才知道今天要在寺院前面等我。」

我無話可說。田中敏雄出現在鎌倉是我從警方那兒得知的消息，不過警方不知道哪間寺院是他的目的地，查出來的人是栞子小姐。舊書公會的理事是田中嘉雄生前的朋友，也知道他長眠在哪間寺院。

「知道那本《晚年》的下落之後，你打算怎麼做？」

「我想先確認一下那本書的情況。如果狀態良好，就會請對方賣給我。我還是有足夠的錢買下那本書。」

沒想到是這麼普通的回答。反正就算他打算不擇手段弄到那本書，恐怕也不會老實告訴我。

「你老闆應該會接受這樁委託。」

他的聲音充滿自信。

「……你怎麼知道？」

我原本是想拒絕他的委託。繼續和他聊下去，只是為了獲得資訊。截至目前為止，我們接受過形形色色的委託，不過這麼莫名其妙的委託，還是第一次。田中也許會為了報復栞子小姐，與告知《晚年》消息的人聯手。

聽到我這麼問，田中笑了笑，像是想要轉移焦點。

「因為事關太宰的《晚年》。總之，我希望你回去和她商量看看。」

在墳前供了鮮花和酒，點燃線香。田中雙手合十的側臉看來沉著，感覺不出危險。過了一會兒，田中睜開眼睛。

「……我已經不是從前的我了。」

誰會相信啊——我在心裡喃喃說道。我以前也被這個男人騙過，當時若是只稍一步差池，恐怕就會害栞子小姐被殺。

「我明白你會有戒心。不過，這一年，我學到許多……你這個人氣度小，至少要做到得人疼；你這個人身子弱，至少要做到心地善良……」

「什麼意思？」

田中視線低垂，說出口的話不是答案。

「我知道自己做了對不起她的事……請幫我轉告她。」

回程我搭乘江之電。

田中搭乘前往藤澤的電車，我搭乘前往鎌倉的車。車上滿是放學的高中生。我靠著車門，望向車外，回想過去曾經聽過的話。

（《晚年》是昭和十一年（一九三六年）時發行的太宰治處女作品集。）

我記得那段話應該是這樣開始的。時間是去年九月，地點是大船的商店街。我當時因為想要了解太宰的《晚年》，於是拜託栞子小姐告訴我關於這本書的內容。當時夕陽逐漸下山，我專注傾聽她清晰透澈的聲音。

（初版僅發行了五百本，雖然太宰那時還只有二十幾歲，不過聽說為了寫這本書，卻花了十年時間寫下五萬多張的稿子。收錄的作品只是其中的一小部分，其他作品據說已經全部遭到撕毀，並被丟棄了。

他在〈思考的蘆葦〉中提到：「我的誕生只是為了創作這一本書。從今以後，我就是一具屍體了。」他一開始寫的是回顧少年時代的〈回憶〉，不過光寫這一篇還無法獲得滿足。

他想要將過去所有的生活公諸於世，因此以腰越的小動岬發生的自殺事件為題材，寫下〈小丑之花〉……）

我突然仰望車上的路線圖。江之島車站的前一站就是腰越站，小動岬我也去過，應該可以從江之電的車上看到。那兒還留著很原始的天然山崖，附近沙灘上有漁夫在曬魩仔魚。他想在那種地方尋死嗎？

古早以前的知名作家與現在在這裡的我產生了連結。如果是懂書的人，應該經常會有這種經驗吧。剛才的田中敏雄即是如此，當然栞子小姐也是如此，然後，栞子小姐的母親——篠川智惠子也是如此。

篠川智惠子上個月出現在栞子小姐的面前。她是一位難以捉摸、神出鬼沒的女性。她原意是想把女兒帶走，不過被拒絕後，留下警告——如果妳打算留在這裡，就要小心。

我認為那句話是指我們將會遭遇的事情。不對，留下那封信、將消息告訴田中敏雄的人，很可能正是篠川智惠子。再也沒有人能夠注意到栞子小姐不為人知的祕密，還能看穿使用暱稱的田中真實身分，而且又熟悉舊書。她對栞子小姐說的那句話，也許不是警告，而是宣戰。

開門聲讓我回過神來。電車已經抵達終點站鎌倉，我連忙下車走上月台，邁步離去。

然而，即使我不斷思索著各種可能，也無法得到結論。我不擅長動腦。如同田中所云，找栞子小姐商量才是最快的辦法。

3

大概是受到三個月前大地震的影響，鎌倉車站裡看似觀光客的乘客變得很少，更幾乎看不到什麼外國人。

走過地鐵連接口進入ＪＲ車站內，上樓來到橫須賀線的月台，下行電車（註１）正好離開。我隔著車窗瞥見一名嬌小女子用力揮舞拿著手機的手，身穿橘色襯衫洋裝，外頭罩著金蔥紫的開襟羊毛外套，抱著即將臨盆的大肚子。

註１：下行是指電車朝遠離市區的方向前進，而上行是指電車朝進入市區的方向前進。

（是忍小姐。）

我也朝著逐漸遠去的電車揮手。坂口忍與年紀相差甚遠的丈夫住在逗子。半年前我們聽說她懷孕了——這麼說來，預產期差不多快到了。

我在上行月台等電車，就聽見手機收到電子郵件的提示音。我從斜肩背包裡拿出最近才剛換的智慧型手機。電子郵件是坂口忍寄來的，信件標題寫著「恭喜」。這是什麼意思？我有不祥的預感。

『你好！我才剛正要從醫院回家，正想寫信給五浦你。你最近好嗎？我也很好很好很好。小昌也是喔！』

小昌就是忍的丈夫，名字叫做坂口昌志，因為想拿《邏輯學入門》到文現里亞古書堂來賣而與我們相識。

『最近小昌開始接受日常生活訓練，幫我打掃、洗衣服，做了許多家事。他說等我生下孩子、能夠出去工作時，就會負責所有的家事，只要能做的他都會做。他說不會讓我一個人辛苦！我就愛他這種很有責任感的地方！』

近況中還包括了他們的恩愛閃光。

坂口昌志患有眼疾，視力逐漸惡化，日常生活也開始受到影響。他們夫妻倆即將要有孩子了，雖然我覺得這樣的處境很惡劣，但不可思議的是這對夫妻卻一點也不為此而消沉，彷彿無論遇上什麼狀況，都會堅強地跨越。

『先別提我們的事了。聽說五浦先生和店長小姐開始交往了！恭喜！太好了。現在一定是戀愛之火熊熊燒啊燒啊！』

不祥的預感果然猜中了。順帶一提，她字裡行間用了非常多的表情符號，但可能是手機款式不同，所以幾乎無法顯示。此時正好上行電車來了，我一邊閱讀郵件一邊上車。

先不提熊熊燃燒的戀愛之火，她究竟是從誰那兒聽到消息的？不可能是栞子小姐，畢竟說直到解決那封信的問題之前都別說出去的人是她。

我大致上已經猜到始作俑者是誰了，而這封郵件底下也提到答案。

『昨天文香寫信告訴我的！你們可別在考生面前太親熱啊，記得躲在店裡的角落喲！』

我嘆氣。怎麼可能會在店裡，我當然還有這一點理性啊。這個嘛，應該有吧。我姑且還是會注意的。

（果然是文香。）

文香——篠川文香是與栞子小姐同住的妹妹，今年升上高三，雞婆又愛做菜，正好代替除了書本之外一點用處也沒有的姊姊，一手攬下篠川家的家務事，她在做家事的同時也喜歡順便偷聽，所以八成是從我們的對話中察覺到什麼了。

不過問題是她究竟把這件事情告訴多少人了？我並不想說她的壞話，不過她這個人嘴巴真的很不牢靠。如果連好一陣子沒來文現里亞古書堂的坂口忍都曉得這件事的話——算了，我不敢繼續想下去了。

我才打算別再想了，偏偏天不從人願，抵達北鎌倉車站時，瀧野蓮杖打電話到我的手機來。他是位在港南台的瀧野書店店長，也是篠川姊妹的青梅竹馬。

「你好，我是五浦。」

『好久不見，我是瀧野……聽說你終於開始和篠川交往了？』

突然直接進入正題。我停下腳步，揉揉眉心，試著冷靜下來。

「……你是從哪裡聽說的？」

『從我妹妹那裡，聽說是文香寫電子郵件說的。』

瀧野蓮杖的妹妹瀧野瑠與篠川姊妹的感情也很好，尤其與栞子小姐從國中起就是至交。

『我家的爸媽也很高興喔。因為那傢伙一點男人緣也沒有，大家都很擔心呢。』

看樣子整個瀧野家都知道了。也就是說有那麼多人關心、喜歡著栞子小姐——我只能這樣說服自己。

「你特地打電話來，就是為了說這件事嗎？」

『我才沒有那麼閒呢。其實是這個禮拜的書市競標，我算錯了應該支付給文現里亞的金額，漏了虛貝堂標下的部分。下次來舊書會館時，順便過來會計部拿錢。』

所謂「書市競標」就是指競標舊書的集會，只有舊書商會的加盟店才有資格參加。正式名稱是舊書交換會，而瀧野正是活動管理人。我們店裡拿出去拍賣的舊書順利由其他店家買下，不過帳務似乎算錯了。

『也幫我向篠川說一聲。你現在人在外面吧？』

「啊，是的。正好有點事情去見客人。」

我隨便撒了個謊。總不能告訴他我是去見把栞子小姐推下石階的凶手。

『你和篠川的事真是太好了……對象是你的話，我就放心了。你要好好待她啊。』

瀧野的語氣充滿感慨。明明說了自己沒那麼閒，我卻覺得他打電話來就是為了說這句話。這句話重重迴盪在我胸口，瀧野八成沒想到這句話這麼有分量。

「我知道了，我會好好待她。」

我毫不遲疑地回答。這樣啊——瀧野只說完這麼一句，就掛斷電話了。

文現里亞古書堂位在從北鎌倉車站月台上就能看見的小巷子裡，是一棟幾十年前蓋的木造兩層樓建築。難得看到有人站在店門前。

穿著制服裙子和白色背心的馬尾少女交抱雙臂，從玻璃門外窺看著店內。她是我今天頻頻聽到名字的篠川文香。她在這裡做什麼？

仔細一看就會發現她旁邊有一位身穿立領學生服的微胖男學生，兩人似乎正在說話。我一走近就聽見他們的對話內容。

「那麼，他們真的才剛開始交往吧？」

這是男學生的聲音。篠川文香晃著馬尾。

「嗯，就我來看大概還不到兩個禮拜。」

「可是，五浦哥已經在這裡工作好一段時間了吧。他之前都在幹嘛？」

「在幹嘛……就是正常工作啊。不過他們的感情愈來愈好。我姊超級遲鈍，而五浦哥，你別看他外表那個樣子，其實很被動。」

「啊，我懂了。他那個人很膽小吧。」

「喂。」

我忍不住開口。我沒有打算否認，只是希望他們至少委婉一些。他們兩人同時轉過頭來。我第一時間沒認出那個男學生是誰，他留著兩側剃短、頭頂留長的髮型，戴著黑框眼鏡，以面無表情的三白眼仰望著我。

「好久不見，五浦哥。」

他深深一鞠躬。我終於想起來了，他叫玉岡昴，是之前住在附近一位宮澤賢治收藏家的孫子。我們是因為《春與修羅》遭竊、在找回那本書的過程中認識。

事件解決後，他也會到我們店裡露個臉，並經常購買置物車上均一價的二手文庫本。相當喜歡閱讀。

「你們兩個認識啊？」

這個組合我是第一次見到。篠川文香一副理所當然的樣子點點頭說：

「我們偶爾會在店裡遇見……而且我們讀同一所學校。」

「欸？」

聽她這麼說，我才注意到玉岡昴的制服上的確有北鎌倉的縣立高中——也就是我的母校——的校徽。

「你之前說要考的高中，就是這一間嗎……？」

「我沒有報考其他學校，而且這間學校就在附近而已，上下學也很方便。五浦哥，我還以為你知道呢。」

我沒見過他穿制服的模樣，所以沒有注意到。栞子小姐或許知道。

「我在圖書室裡主動找他搭話……因為這孩子的背影看起來很寂寞……」

「才沒那回事，我只是很正常在看書而已啊。我還以為她有什麼邪惡企圖，畢竟一個只是打過照面的人居然超友善地主動找我說話。」

「昴的戒心太強了啦。一般人只要遇到認識的人，都會主動攀談吧。」

「我反而會假裝沒看見，有的時候就是會覺得麻煩啊。」

「咦？哪有？是你太奇怪了吧。」

不過他們相處得還真融洽呢。我過去也曾經多次看到類似的場景，這個偶爾才會幫忙顧店的小丫頭，總是不知不覺就和店裡的常客變成朋友。我明白已經來不及阻止了，照她嘴巴不牢的個性看來，應該已經把我和栞子小姐的事情通知所有認識的人了。

「不好意思，有件事情我想問一下……你們為什麼在這裡？」

我打斷兩人沒完沒了的對話，開口問道。

「你們可以進去店裡聊吧？」

說實話，我並不希望他們待在店裡聊天，但我更不希望連路過的人都知道店長和打工店員正在交往的事情。

「啊……那是因為我們剛才一直都在店裡聊天。」

篠川文香難為情地轉移視線。

「然後，對姊姊開玩笑開得有點太過火……」

「學姊，雖然她是妳的姊姊，妳也未免太缺德了。現在的電視記者也不會像妳那樣追問地那麼深入。」

「就說了她一開始只是害羞，沒有抗拒我的問話嘛！她是我的姊姊，我懂她啊。哪知道一提到五浦哥的事情，她就突然發脾氣叫我出來……」

「還不都是因為學姊妳說了奇怪的話，害我也一起被趕出來。我明明只是在挑書……都是妳要不懷好意地笑著說：『妳的男朋友人雖然很好，卻不懂得人情世故呢。』聽到這種話，任誰都會生氣吧。」

「我哪有說得那麼過分！我只是說：『他人很好卻無法找到工作，是有點不懂得人情世故吧。』而且我只是微笑，哪有不懷好意地笑！」

我默然不語，無法反駁她說的不懂人情世故。我看向店裡，沒看見栞子小姐的身影。她應該在某個地方吧。

「是栞子小姐說的嗎？說……我們在交往的事？」

「是啊。」

篠川文香回答。

「其實是因為她最近的樣子有點奇怪，所以我每天都會問她：『妳該不會是開始和五浦哥交往了吧？』」

「學姊，妳好煩啊……真的會讓人退避三舍。」

玉岡昴說。

「還不都是她不回答我。只要說『是』或『不是』就好了啊。哪知道她只是紅著一張臉，這樣子我當然會不停追問嘛。」

「妳的選項裡頭沒有『自己想』這一項吧。」

「然後，昨天晚餐時我又問了，她就突然下定決心告訴我答案，說：『我們在交往。』」

「那根本只是自暴自棄了吧。」

我不清楚是不是自暴自棄，不過也許是輸給文香的毅力沒錯。如果她說我們沒在交往，問題就解決了。她可能不喜歡撒謊吧，一想到她如此珍惜與我的關係——

我注意到另外兩人的視線，連忙閉緊嘴巴，差點當著他們面前咧嘴微笑。既然是被栞子小姐趕出來，就沒辦法讓這兩個人進店裡去了。

「拜託你們最近別提這件事，我和栞子小姐都還不習慣這種情況。」

走進店裡後，我心想：他們八成辦不到。

我先把玻璃門關好。即使要求他們別偷看，他們大概也不會聽話，所以至少要避免他們站在外面偷聽。

店裡除了書櫃上之外，連走道和櫃台後側也堆滿了舊書，這裡是我熟悉的文現里亞古書堂。舊書獨特的氣味格外濃烈，也許是因為進入梅雨季節的關係。味道產生的主因似乎是黴菌，而濕氣正是舊書最大的敵人。

還是一樣見不著店長的人影，我想應該是躲在櫃台後側，那兒是她平常會待的地方。

但今天不一樣，店內角落發出物體碰撞的聲響。我看見她坐在除濕機旁邊的背影，身穿七分袖藍色襯衫，且難得穿了長度不及膝的短褲搭配黑色褲襪。她採取側坐的姿勢，是因為受傷的後遺症使得她的膝蓋無法完全彎曲。

「怎麼了？」

「除、除濕機突然停了……插頭剛從插座上脫落。」

音調有點高。我知道解決濕氣很重要，不過不曉得為什麼她不肯看我。我隔著她的肩膀湊過去一看，插頭已經好好插回插座上了，她正慢吞吞地調整上頭的延長線。

「需要我幫忙嗎？」

「不，不用。」

從黑髮間窺見的耳朵變得通紅。我終於注意到了，大概是因為不斷有人開玩笑的緣故，所以她一見到我就感到難為情。昨天之前她明明都還能和我正常相處啊。

「櫃台上的便條紙……」

「便條紙？那是什麼？」

「請、請你暫時按照那張便條紙的指示工作……我、我需要一點時間冷靜下來。」

總之，我走向櫃台。那兒擺了一張寫著「本日工作」的便條紙，內容是採購、上架、打掃等我該做的工作。翻到背面一看，還有以端正字跡寫下的密密麻麻內容，包括這家店的狀況、給我的具體指示等。

（為什麼要特地寫在紙上……）

因為她沒辦法親口說明，也只好這樣。田中敏雄的事情我決定晚一點再說，我也需要整理思緒——而且門外還有兩個高中生在偷窺我們的情況，那些內容不適合讓他們聽見。

4

結果，做完便條紙上交待的工作，已經到了傍晚。栞子小姐說需要一點時間冷靜，不過看她的情況似乎沒有太大的變化。她躲在櫃台後側的舊書堆後面，處理網拍業務。我們好像變得比交往之前更生疏了。

「我、我方便……問問今天那件事的情況嗎？」

她率先開口說出這句話，人依舊躲在舊書堆成的書牆後頭沒有出來。店裡沒有半個客人，門外的高中生也已經離開。從玻璃門看見的天空滿是深色的雲朵，似乎快下雨了。

「……至少該讓我看看妳的臉吧。」

我說。她這樣躲著我，也搞得我坐立不安了。等了一會兒之後，她才從書牆邊緣緩緩露出半張臉蛋。她那不常曬太陽的白皙皮膚，現在就像被熱水燙過一樣緋紅，眼鏡後頭的大眼睛咕溜咕溜地轉動。

這是我今天第一次看到她的臉，可以清楚看出她真的覺得難為情。

我開始說起與田中的對話內容，特別是他委託的內容，栞子小姐的表情始終緊繃。她坐在有輪子的椅子上移動到我的正前方，挺直背部，專注聆聽。

我將整件事情說明了一遍，她用力點頭表示大致上明白了。只要她的腦袋開始運轉，整個人就會變得很可靠，就像換了個人似的。可惜這種情況只會出現在與書有關的事情上。

「我們幫他找那本《晚年》。」

她幾乎是立刻答覆。不出田中所料。

「那傢伙說的話可以相信嗎？」

「我沒有相信他。」

她乾脆地說：

「他也許有什麼企圖，才會撒謊。正如大輔你所說，留在我們店裡的那封信也有可能是他寫的……但是，假如那本《晚年》真的存在的話，就算我們拒絕接受委託，他總有一天也會自己找到。就像他去年第一次出現在我們店裡時一樣。」

「啊……」

我終於明白了。他也許會做出和搶奪栞子小姐的《晚年》時一樣的行為。

「我認為我們最好在他找到書之前，搶先一步通知那本《晚年》的持有人。有危險的人盯上那本書，我們應該請持有人盡可能把書藏起來……當然也會回報委託人沒有找到書。」

意思就是假裝接受委託。這情況的確有必要警告現在的持有者，不過——

「這樣就能夠確保安全了嗎？」

我不認為告訴田中找不到書，那個男人就會輕易放棄。栞子小姐嘆氣道：

「不……他應該會利用各種手法仔細調查，確認我們有沒有撒謊。但是，這件事情也要等他離開監獄之後才能執行，在此之前我們還有時間研擬對策。」

這樣做只是為了多爭取些時間嗎？我們都知道這種狀況不能置之不理，但老實說我也實在無法苟同。假如他知道我們的報告是假的，栞子小姐或許將再度遭遇危險。

「……確保持有者安全的方法，要說有也是有。」

「欸，什麼方法？」

我問。雖然有確保安全的辦法，但她的表情卻不見喜悅之色。

「說服對方讓我們買下那本《晚年》，我們再賣給他。」

「為什麼要做這種事？把書賣給那個傢伙……」

別開玩笑了——但是仔細想想，這似乎不是太差的做法。田中敏雄想要的是一本舊書，只要給他，他應該就會滿足了。既然他自己說過有足夠的錢買下那本書，如果價格合理，應該也會願意付錢才對。

「話雖如此，我想擁有那本珍貴古董書的人，應該不會那麼簡單就願意放手……那個人一定是太宰的忠實讀者。」

我凝視著栞子小姐。全力保護未裁切版《晚年》的她，也是十分堅定的忠實讀者，所以她能夠明白對方的心情吧。

「那傢伙的爺爺持有的《晚年》真的是很珍貴的版本嗎？他說過上頭沒有簽名。」

「沒有簽名反而讓人好奇。」

栞子小姐神態自若地伸手拿下舊書牆頂端的文庫本。那是太宰治的《晚年》，黑色書封的新潮文庫版，看起來不是太舊的版本。那本書不是碰巧擺在那裡，而應該是栞子小姐從某處拿過來的吧。

「沒有簽名卻有太宰加註的筆跡……若是真的，那本書恐怕是太宰自己的書。」

「就像宮澤賢治的『校稿本』嗎？」

校稿本是我在之前《春與修羅》遭竊那件案子裡學到的專有名詞。宮澤賢治直接在《春與修羅》初版書上校稿修改，而留下這些手寫字的初版書就稱為「校稿本」。這些都是從栞子小姐那兒現學現賣的知識。

「不太可能。我沒聽說太宰曾經留下寫有校稿字跡的《晚年》。一方面是學者對他研究得很透徹；再方面是如果存在校稿本的話，應該會聽到某些證詞才是。」

「可是……如果是這樣的話，書裡究竟寫了什麼？」

「我也沒有頭緒。說起來，如果沒有簽名，只要沒有什麼特別明顯的特徵，照理說很難判斷是否為太宰親筆寫下的內容……我的好奇心都被挑起了呢。」

我不禁愣了一下。田中敏雄在長谷的寺院裡也說過同樣的話。栞子小姐接受這項委託的原因，看來不只是為了警告書本持有人，也是受到那本有太宰加註字跡卻不是簽名書的《晚年》之謎所吸引。

田中敏雄八成也看透了這一點。他想要利用「太宰忠實書迷」這項弱點，把栞子小姐牽扯進來，而且他知道我會為了保護她而出手管事，所以他才會說「這一年，我學到許多」嗎？

「你這個人氣度小……」

我突然複誦起田中說過的話。句子裡充滿深意，不過這句話到底是什麼意思？接下來的內容我想不起來。

「『你這個人氣度小，至少要做到得人疼；你這個人身子弱，至少要做到心地善良』……」

栞子小姐接下去繼續背誦出來。我愣在那兒。

「妳知道？」

「是的。這是收錄在《晚年》中〈葉〉一篇的內容，是作者收集自己作品的片段重新組合而成，因此文章之間沒有脈絡可言……大輔，我才想問你怎麼會知道這句話？」

我把在長谷的寺院裡發生的事情說了一遍，順便提到田中對栞子小姐表示歉意的那番話。她對於對方的致歉沒有半點反應。

這麼說來，我不曾聽她提過對田中敏雄有什麼看法。田中的名字出現時，她沒有害怕、也沒有憤怒，總是顯得很淡然。她不可能對於那個害自己受重傷的人沒有任何情緒，也許只是我沒注意到罷了。

「他引用的那段話還有後續內容，就是這個。」

她翻開新潮文庫出版的《晚年》交給我。書本攤開在第一頁。

姨母說：

「你這個人氣度小，至少要做到得人疼；你這個人身子弱，至少要做到心地善良。你擅長撒謊，所以至少舉止要恰當。」

「……『你擅長撒謊，所以至少舉止要恰當』。」

琹子小姐以清澄的聲音背誦出後半句。我對於沒有說「不准撒謊」這裡有印象。那個男人引用這段內容的目的是什麼？想表達因為自己會撒謊，所以舉止會恰當嗎？我猜大概是這個意思。

「我也很喜歡這一段……感覺就像這位姨母也在教訓我。」

「欸，妳的氣度不小啊？」

我只是想到什麼就直說，店裡卻因此變得靜悄悄。原本已經冷靜下來的琹子小姐臉蛋再度像被火焰點燃，變得一片通紅。她緊閉雙眼低著頭。

「真、真是討厭……我這樣好像小孩子。」

見她這樣害羞的反應，我也難以承受。但是這裡是店裡，失去理性可就不妙了。我想應該很不妙吧。

過了一段時間後，我們雙方才冷靜下來。這段時間，我在瀏覽〈葉〉的內容。以前我只看過〈小丑之花〉，這是我第一次閱讀《晚年》中的其他作品。

每一段內容真的毫不相關，有些內容就像小說的一個場景，連續寫了好幾頁；也有些一句話就結束，就連我這個無法長時間閱讀印刷字體的人都能夠輕鬆閱讀。

儘管如此，這些內容看來不像只是把作品的片段排列在一起。我注意到「我一直想死」、「我開始想死」這類詢問自我生死的內容，感覺上應該全部出自於同一種情感。

我再次閱讀田中背誦的那段話。除了氣度小之外，感覺也像是在說琹子小姐；她的身體算不上健康，也確實很擅長撒謊。

「太宰寫這些的用意是什麼？」

通篇讀完，也沒有與「姨母」有關的說明。裡頭提到的「你」又是誰？

「……我想太宰是在寫自己的事情。」

栞子小姐像是在調整呼吸慢條斯理地回答。

「太宰的老家是青森縣數一數二的大地主。因為母親體弱多病，所以據說是由同住的姨母照顧太宰。」

原來「姨母」是這樣來的。太宰明明那麼有名，我對他的經歷卻一知半解，頂多只有過去聽栞子小姐說明《晚年》一書，以及讀過教科書裡收錄的〈跑吧，美樂斯〉而已。

「太宰出生在什麼時候？」

「一九〇九年……也就是明治四十二年。」

「明治時代啊。」

我原本以為他的年代應該更晚，畢竟我記得他屬於昭和作家。

「因為太宰開始成為作家是在進入昭和時代之後，不過，仍然可以肯定他是在沿用舊習俗的環境中長大。」

回頭看剛才那篇〈葉〉，我們不知道姨母是否真的提醒他要注意那些事情，不過我想內容的確是太宰的親身遭遇。年輕時的太宰對於自己的外表很自卑，身為文學青年的他，對於體力也缺乏自信。再加上他老是對繼承家業的哥哥撒謊。」

「撒謊……？」

「二十五歲之前的太宰就讀帝國大學法文系，也就是現在的東京大學法文系，曾經多次留級。他每年都謊稱明年會畢業，不斷接受老家金援。他從入學起就完全跟不上法語課的進度，投入左翼運動與創作，幾乎沒去上課，當然不可能畢業。」

沒想到他的程度這麼糟。突然，我想起剛才在江之電上看到的路線圖。

「那個發生在腰越的自殺未遂事件，是什麼時候的事？」

「那起事件也發生於他還在念大學時，昭和五年（一九三〇年）的十一月。二十一歲的太宰與銀座咖啡廳的女店員在小動岬服用大量安眠藥自盡。」

「為什麼要做這種事？」

「沒有人知道詳情……他似乎只是一時衝動，想要和偶然認識的女子一起尋死。女子當場死亡了，太宰則撿回一條命。警方雖然認為他有協助自殺的嫌疑，不過幸好有老家哥哥的幫忙，所以他沒有遭到起訴……太宰自己也曾回憶那段荒淫的歲月。」

我驚訝不已。看樣子他在學生時代就已經把一輩子可能引起的麻煩全部經歷過一遍了。不對，也許只是時代的差異。

「以前的大學生常常這樣嗎？」

「至少沒幾個年輕人會去殉情自殺。當時念帝國大學的學生可說是菁英中的菁英，就算多少引起一些問題也會得到寬恕……不過腰越事件甚至還上報了，所以太宰在當時來說也算是個麻煩製造者。」

「他還是出道成為作家了吧？」

「因為有人認同他的才能、支持他。特別是他的老師井伏鱒二持續指導他，即使到了昭和八年（一九三三年）太宰已經成為作家了，老師仍然以各種形式幫助他。如果沒有井伏，就不會有太宰治這位作家存在了。」

井伏鱒二的名字連我也聽過，不過我是第一次知道他和太宰是師徒關係。

「太宰的自尊很敏感，他對於自己缺乏生活能力、不斷反覆著難辭其咎的失敗感到絕望。他認為自己何時死去都很正常，並以這樣的自己當作寫作題材，換言之也就是身為小說家的命運在驅策著太宰……他視為遺書而寫的《晚年》更是打動了當時有同樣想法的年輕人。」

秉持自信而活吧　生命萬物

無一不是戴罪之子

我之前看過這段話，栞子小姐那本《晚年》上就有太宰親筆寫下的這段話。她當時說這句話的解釋是：活著的每個人都罪孽深重。

「《晚年》現在也仍有許多忠實讀者，我也是其中之一。雖然我不喜歡太宰荒淫的私生活，卻能夠體會他同樣為人的軟弱……這樣說或許有些矛盾。」

「很正常啊。」

每個人的心裡都有弱點，我認為這是天經地義的事情，算不上什麼矛盾。

「那麼《晚年》的評價很好吧？」

我轉變話題，栞子小姐點頭。

「是的。昭和十一年（一九三六年）出版，一年之內就再刷了好幾次，太宰的名氣也跟著水漲船高，有更多人找他寫作。不過生活並沒有變得比較好過，因為他預支了太多稿費，也向朋友借太多錢了。」

「他不是有工作嗎？」

「原因有很多……他花掉的錢超過他賺進的錢，而且他這個人不藏書，就連自己的作品也幾乎沒有留在手邊，所以太宰擁有《晚年》初版書的時間應該不會太久。我有點難以想像太宰在書裡親筆註明了什麼、或有什麼特別之處……」

我們陷入一陣沉默。雖不願承認，但我也開始感興趣了。栞子小姐與田中敏雄兩個太宰迷都不知道的書，究竟會是什麼樣子呢？

「我們要怎麼樣和委託人取得聯繫？」

栞子小姐問。

「那傢伙剛才寄了電子郵件到我的手機上，我想他大概打算用這個電子信箱聯絡吧。」

他申請了新的電子信箱做為聯絡之用，並且用那個信箱寄信給我。他本來就有我的電子信箱郵址，田中化名為笠井菊哉進出這家店的那陣子，我們的交情還不錯。

我不允許他直接聯絡栞子小姐，畢竟我們沒理由相信那傢伙，而栞子小姐也沒有表示自己想要與他聯絡。

「……那麼，你告訴他我們接受委託，也請他告訴我們那些認識田中嘉雄先生的人的聯絡方式，以及告訴他《晚年》消息的那個人的資訊。」

「好，不過他也許得過些時候才能回覆。他說手邊沒有電腦也沒有智慧型手機，沒辦法每天確認電子郵件。」

「無所謂……等他回信的時間，我們也有其他事情要做。」

「什麼事？」

「收集與田中嘉雄先生有關的資訊，找認識他的人談談。」

5

一打開玻璃門，香菸的味道撲鼻而來，菸味大概是已經滲入泛黃的壁紙裡了吧。店裡似乎沒有禁菸區，圓角木桌上擺著菸灰缸，這是現在少見的懷舊咖啡廳。

也許因為現在是平日早上，店內只坐著一位老年客人。店員叫我們隨意入座，於是琹子小姐選擇靠近窗邊的座位。她今天穿著素色襯衫和開襟羊毛外套，拉攏長裙坐下後，將拐杖靠著旁邊的椅子。

同意接下田中的委託至今已經過了三天，我也已經寫信請他提供必要的資料。我們差不多該收到回信了。

我們今天是為了見認識田中嘉雄的人，所以搭乘橫須賀線來到戶塚。對方是同業，也是不久之前告訴我田中家墓地在哪間寺院的舊書商會理事。他在ＪＲ戶塚車站附近開了一家名叫「虛貝堂」的舊書店，此次是趁著工作空檔出來和我們見面。文現里亞古書堂今天則是公休日。

我和虛貝堂的老闆也曾經見過面。第一次獨自參加舊書交換會的時候，曾經因為不懂規矩而苦惱，當時他一邊教訓我卻又一邊仔細教我怎麼做，是個有點囉唆但很親切的人。

「意思是田中嘉雄先生曾經是虛貝堂的常客吧？」

我根據栞子小姐零碎的說明拼湊出這個結論。她稍微偏著頭點了點，黑色長直髮披散在肩膀上，表示我只說對了一半。

「他的確曾經是虛貝堂的顧客，不過聽說遠在虛貝堂開店之前，他與老闆就是舊識了。兩人大學都是文學研究會的成員，他們是學長與學弟的交情，虛貝堂的老闆是他的學長。」

「咦……虛貝堂的老闆有那麼老嗎？」

如果田中嘉雄還活著，應該早已超過七十歲了。虛貝堂的老闆看起來不過五十幾歲。

「啊，不是……我沒有解釋清楚，現在的虛貝堂老闆是第二代。第二代老闆雖然也見過田中嘉雄先生，不過與他熟識的是創店的第一代老闆，第一代老闆大約在五年前過世了。」

原來如此，我點頭。這樣子就說得通了。

「栞子小姐也見過那位虛貝堂的第一代老闆嗎？」

「是的，我還是大學生時見過。虛貝堂的第一代老闆也一直擔任商會理事，只要我在市場遇到困難，他總會教我許多事情。我當時也是剛開始幫忙店務，所以不懂規矩。」

就和現在的我一樣。大學生的話，也就是我在文現里亞古書堂前面初次見到她的那個時候吧。我憶起當時和現在一樣，正好是繡球花盛開的季節。那時的我還是高中生，根本想像不到現在會與她交往，也完全想像不到我們才剛開始交往，而且遇到公休日卻不是去約會，而是調查珍貴舊書的下落。

「我的爺爺與虛貝堂的上一代老闆也熟識。聽說他們差不多在同一時期開店、加盟商會，所以經常互相幫忙。」

文現里亞古書堂大約是在五十年前開店，當時我的外婆也在文現里亞古書堂買了《漱石全集》。形形色色的人因為舊書而聯繫在一塊兒。

「栞子小姐的爺爺是什麼樣的人呢？」

他是文現里亞古書堂的創始者，我卻不曾從栞子小姐口中聽聞他的名字。八成是她母親的關係，所以她幾乎不提家人的事。

「他開店之前是從事其他工作嗎？」

「不，也是在舊書店工作。聽說他在橫濱伊勢佐木町的久我山書房當學徒，也住在店裡，那兒的老闆是相當嚴厲的人，爺爺歷經了十年以上的嚴格訓練……後來獨當一面，才開了文現里亞古書堂。」

等我懂事時，店務已經交由父親和母親管理。我上國中之前，爺爺就過世了，所以不太有印象和他說過話，因為他和我父親一樣，都是寡言的人。」

我們點的咖啡送來了，對話暫時中斷。栞子小姐彷彿想到了什麼，露出溫柔的微笑。

「這麼說來，我記得爺爺也說過喜歡太宰。在我還是小學生的時候，有一次正在閱讀筑摩文庫出版的《太宰治全集》……」

我現在已經不會感到驚訝，所以沒有脫口而出這句話——怎麼會有人在小學時就看作家的個人全集呢？

「大概是我讀得很專注，所以爺爺對我說：『太宰的書那麼有趣嗎？』我回答很有趣，爺爺就說：『儘管不喜歡他作品的人也很多，不過我認為他是一位了不起的作家，中期的作品尤其印象深刻。』」

「很多人不喜歡他的作品嗎？他是這麼有名的作家耶。」

太宰的忠實書迷應該很多，畢竟他有不少連我都知道的作品，例如：《跑吧，美樂斯》、《人間失格》、《斜陽》等。

「他是日本全國人民都熟悉的作家，不過人們的好惡很兩極。他的風格多半是軟弱或有疏離感的主角在獨白，而且他的私生活就像作品中闡述的一樣，所以許多人批評他懦弱或娘娘腔……年輕的時候喜歡他的書還好，長大後就會羞於表示自己是太宰治的書迷。」

我隱約能夠了解。國中時，老師在課堂上提到太宰時的語氣就有些吞吞吐吐。

「雖不能說那些批判完全錯誤，不過我認為如果他沒有半點本事的話，不可能如此超越時代、受到大家喜愛。一旦受限於表面事物，就會錯看太宰身為作家的偉大……大輔，除了《晚年》之外，你讀過其他太宰的作品嗎？」

「……只有《跑吧，美樂斯》。」

國中的國語課曾經提到這篇故事，所以我想辦法讀完了。我覺得那是很容易讀的作品。

「故事開頭提到『美樂斯相當憤怒』吧？」

栞子小姐點頭。

「那是很有名的開頭。美樂斯遭殘忍國王迪奧尼斯宣判死刑，但為了出席妹妹的婚禮，他商請國王等他三天，並由摯友塞里努丟斯留下來當人質……本篇作品發表於昭和十五年（一九四〇年），也屬於太宰中期的短篇。當時太宰在工作和私生活上都進入了穩定期。」

「他不再需要為錢煩惱了嗎？」

我記得他在出版《晚年》之後累積了許多債務。

「雖然稱不上富裕，不過比起他剛開始當作家的時候好……他缺錢的最主要原因是藥物上癮。太宰住院治療腹膜炎的時候，對醫生開立的處方止痛藥上癮，花在藥物上的開銷造成家計困窘。昭和十一年（一九三六年），他在老師井伏鱒二等人的幫助下，住進精神病院接受治療，才成功戒除藥癮。」

「那麼，他的生活因此好轉了嗎？」

「沒有……幾個月之後，他就和當時的妻子在水上溫泉殉情自殺未遂。」

「欸？又自殺？」

我心裡固然覺得自己不夠莊重，但還是不自覺這麼說。

「這次是為了什麼原因？」

「據說是因為太宰住院時，他的妻子與其他男人外遇，不過當時的真相並不清楚。而與腰越那次不同，幸好這次兩人都活了下來，結果他們在昭和十二年（一九三七年）離婚。」

就我所聽到的，完全感受不到生活哪裡穩定了。於是，栞子小姐立刻繼續說下去：

「穩定下來是隔年的事。太宰在井伏的介紹下，與另一位女性結婚，婚後他發表了具有各式各樣風格的佳作。一般認為從昭和十三年（一九三八年）起，到第二次世界大戰結束為止，屬於太宰作家生涯的『中期』。他當時已經超過三十歲，與再婚的妻子之間也有了小孩，精神方面也變得比較安定。」

所以才會寫出《跑吧，美樂斯》這樣的作品嗎？我覺得那篇闡述友情美好的故事很健康，完全迥異於以自己殉情自殺事件為主題的作品。

「……除了《跑吧，美樂斯》之外，他還寫了什麼樣的作品呢？」

「這段時期的作品多采多姿，包括改編自日本傳說故事的《御伽草子》、以基督教為題材的《越級申訴》、將一位太宰迷少女的日記寫成小說的《女學生》、以鎌倉時代早期為舞台的《右大臣實朝》等……」

「自傳類的作品減少了嗎？」

我問。也許是因為他長大成熟了吧。

「我想是他變得不如出道當時那麼醒目了。太宰原本就喜歡將各式各樣的題材變成自己的東西，也具備自由創作的才能。而這些都在這段時期一口氣達到巔峰。

話雖如此，這並不表示太宰身為作家的資質大幅改變了。就算是虛構的作品，裡頭仍舊反映出太宰真實的心情。」

栞子小姐雙手手指併攏在桌邊，往前探出上半身。只要一談到鍾愛的作家，她就會變得比平常更熱情。

「這麼說來，有說法認為《跑吧，美樂斯》就是源自於太宰的親身經歷，不過我們不知道當中有多少成分是事實。」

「這樣嗎？」

這件事我也是第一次聽到。我記得那是以希臘時代為背景的故事，很難想像那是太宰自己的親身經歷。

「根據他的好友小說家檀一雄留下來的作品提到……昭和十一年（一九三六年），太宰和檀在熱海溫泉揮霍過度，無法支付旅館和小餐館的費用。」

故事一開頭就讓人覺得這個人真是無可救藥，不過我還是姑且聽下去。

「太宰讓檀一雄當人質，留在投宿的旅館，回東京去借需要的費用。然而過了幾天，太宰還是沒有回來。」

「欸，他就沒回去了嗎？」

我忍不住確認了一下。這樣子不就和《跑吧，美樂斯》的故事發展完全相反了嗎？

「是的。檀一雄在小餐館老闆的監視下無計可施，只好前往東京找太宰。最初造訪的是井伏鱒二家裡，希望取得線索，沒想到就在那兒找到太宰，他和老師井伏連下了好幾天將棋。」

「下將棋……真是太過分了。」

我不自覺蹙眉，但是栞子小姐搖頭。

「啊，不是的，他待在那裡不是為了下棋……他拜訪老師井伏的原意是想借錢，卻因為害怕被罵，所以好幾天都說不出口。盛怒的檀一雄把他狠狠罵了一頓之後，面色蒼白的太宰只說了一句話：『不知是等待的人痛苦，還是讓人等待的人痛苦』……」

我驚訝得說不出話來，當然也說不出稱讚，太宰這個人真的懦弱到無可救藥了——但是，我能夠理解他所謂的「讓人等待的人痛苦」。無關好壞，我只是隱約能夠「體會」，讀者對於太宰這位作家的看法或許就是如此吧。

「這個典故，我也聽家父說過。」

旁邊突然有人插嘴。我愣了一下看向隔壁桌，結果一位戴眼鏡、交雜著白髮的男子正感慨地點著頭。

6

虛貝堂的第二代老闆拿著咖啡杯換到我們這一桌來。大概是擔心他的大肚腩會撞到桌子，他把椅子拉斜，坐在我隔壁。

「杉、杉尾先生！真是抱歉，我沒注意到您已經來了……真的很抱歉！」

栞子小姐猛力低頭鞠躬，腦袋差點撞上桌面。我也跟著低頭鞠躬。老闆在工作中被我們找出來，結果我們兩個只顧自己講話，實在不像話。既然他點的飲品已經送上來，表示他應該已經抵達一陣子了。

「哎呀，沒關係沒關係，是我沒有主動開口嘛。我聽小栞講故事不小心就聽入迷了。」

虛貝堂的老闆——杉尾友善地微笑揮著一隻手，栞子小姐相當受到中高年齡層的舊書店老闆們疼愛。我覺得老闆對待她就像在對待女兒或孫女一樣，不過他卻突然表情一變，毆了我的肩膀一下。

「不過，五浦你也太誇張了。不懂的事情知道要請教小栞固然很好，但你好歹也多看點書吧。太宰作品只讀過《晚年》和《跑吧，美樂斯》？又不是國中生。」

「好、好的。我會多注意。」

我怯怯回答。他不知道我的「體質」，不過身為舊書店的店員，的確沒資格找藉口。

「你老是什麼也不知道，總有一天小栞會失去耐性喔。你們不是好不容易才開始交往嗎？」

連他也知道我們的事。我已經沒有力氣追問到底是從誰那兒聽說消息了。坐在正對面的栞子小姐則是準備要開口說話，卻僵在原地。

「您什麼時候到的？」

我代替處於震驚狀態的栞子小姐問道。

「大概是你們在說聖司叔叔……就是小栞的爺爺與家父感情很好那時吧。我沒聽他本人提起過，原來他也看太宰的作品啊，果然沒錯。」

果然沒錯是什麼意思？我很想繼續追問下去，不過還沒開口，杉尾先瞥了手錶一眼。

「不好意思，我們還是快點進入正題吧……聽說你們想打聽田中先生的事情是嗎？田中嘉雄先生？」

「是、是的……」

栞子小姐總算能夠擠出聲音。

「虛貝堂的第一代老闆提過……他和田中先生從大學時代就是朋友……是這樣嗎？」

嗯，對對——杉尾點頭，開始四處翻找口袋。

「田中先生是家父的學弟，也經常來我家裡玩。家父開店時，第一個光顧的人就是田中先生。他當時的經濟狀況仍然優渥，聽說他在我們店裡買了相當多舊書，也經常帶珍貴的水果、甜點等伴手禮上門來。在當時還是個小鬼頭的我看來，他是很好的叔叔……啊，就是這個。」

他取出襯衫胸前口袋裡的東西。我還以為他是在找打火機，沒想到拿出來的是一張照片。

「我找到田中先生和家父的合照，就貼在家父的相簿裡。」

杉尾把照片擺在桌上。那張黑白照片似乎年代久遠了，地點是某戶人家庭院的高台上，照片拍到了木造建築的牆壁和窗戶。背景遠處是大海，照片中有五個人，季節大概是夏天。

五人當中的三個人是身穿短袖白襯衫的男性，年紀大約二十五歲到三十歲出頭，總之看來不像學生。距離三個人半步遠的地方站著一位頭頂禿髮的和服中年男性，隔壁則跟著一位身穿水手服的少女，大概是中年男性的女兒吧。

畫面的柔焦略重，不過可以清楚看出所有人面帶微笑，也許照相時有人說了什麼笑話吧，這張照片拍得真好。

「最右邊的人就是家父。」

杉尾指著其中一位白襯衫男人。不需要他告訴我們，撇開年紀來看，那個渾圓的體型及容貌，與第二代老闆幾乎沒兩樣。

「在他旁邊的那位高個子就是田中嘉雄先生。」

我仔細凝視著他。雖然聽過他的名字無數次，不過這還是我第一次看到他的長相。長臉濃眉，輪廓有稜有角，額頭上掛著亂糟糟的瀏海，笑起來的模樣不曉得是害羞還是不悅，總之很僵硬，整個人看來相當神經質。

然後他也是五個人當中身高最高的人，比虛貝堂的老闆高出一個頭，大概與孫子田中敏雄差不多高——還有與我也是。

「大概是因為田中喜歡太宰吧，感覺他與太宰有些神似。」

即使問我，我也不知道太宰長什麼模樣。一提到太宰，我能想到的是長臉、神經質的長相，不過也可能與芥川龍之介搞混了。

「或許吧……連髮型也類似。」

栞子小姐似乎知道，她瞇起眼睛仔細看著照片每個角落。

「這是什麼時候的照片？」

「相簿上寫著昭和三十九年七月，西曆是……一九六四年吧。」

「正好是爺爺開文現里亞古書堂那一年。虛貝堂的老闆也差不多是同一個時候吧？」

栞子小姐沒有抬頭就回答了。

「我記得我們店早開半年。家父在這種地方做什麼呢……照理說當時他已經窮到沒有閒工夫到處晃了才是。」

「拍照的地點在哪裡？」

我問。背景的大海那兒有個島——不對，看來像是突出的海岬。畫面有些模糊，不過地形似乎在哪裡看過，一定就是這附近的大海。

「我沒聽家父提過……相簿上也只寫了日期，沒有寫別的。就這樣看來大概是七里之濱……不對，應該是腰越那邊吧。這裡拍到的是小動岬吧？」

聽他這麼一說，的確很像，那兒就是太宰殉情自殺未遂的地點。其他人該不會也都是太宰的忠實書迷吧？

「其他這些是什麼人呢？」

聽到栞子小姐的問題，杉尾交抱雙臂。

「田中先生之外的人我不太清楚，不過這個人以前經常到我們店裡來。大概是因為對舊書有興趣吧。」

他指著田中嘉雄左邊另一位身穿白襯衫的男子，揚起的眼尾與突出的下巴，整個人顯得瘦巴巴的，外貌看來差強人意，不過他是這些人當中笑得最無憂無慮的一個。

「我拿這張照片給家母看過，她有印象這個人曾經和田中先生一起到家裡來，也記得有打過招呼。他住在鎌倉的某處，姓『小谷』，名字她就不清楚了。」

「另外兩個人是誰呢……？穿著和服這位和水手服這位？」

栞子小姐問。見她對於「小谷」沒有反應，看來八成是沒有頭緒吧。我們連他現在是否還住在鎌倉、是否還活著都不清楚，不過可以確定他沒有光顧過我們書店。

「剩下的人都不知道身分，家母也說沒見過。」

這張照片被小心翼翼地收藏在相簿裡。從這五個人相處融洽的感覺看來，交情應該不只是見過面而已，家人完全不知情的話，實在有些奇怪。

「哎呀，這裡還拍到了另一個人呢。」

栞子小姐以纖細的手指指著半開的窗子裡頭。經她這麼一說，我才發現那兒拍到一個黑衣人的背影。杉尾拿下眼鏡湊近看，影子幾乎遮蓋桌面。

「我沒發現吶……這是女人吧。不對，也許只是掛在房間裡的衣服？」

從照片難以判斷。由於沒有其他和照片有關的話要說了，栞子小姐改變了話題。

「聽說您父親經常與田中先生碰面？」

杉尾摸摸雙下巴，這個問題似乎有點難以回答。

「大概吧。我當時還小……至少直到拍這張照片的時候，他們應該還經常往來。家父和田中先生都喜歡太宰，他們還成立了一個類似共同研究的社團……叫做『浪漫奇想會』，很有昔日文藝青年的感覺吧？」

「嗯？浪漫奇想……」

印象中這個詞似乎與太宰治有關。當我感到困惑時，栞子小姐出手相救。

「〈浪漫奇想〉是《晚年》中收錄的一個短篇，依序講述經歷奇異命運的青年們的人生，最後以他們幾個相遇、彼此意氣相投結束，屬於有強烈寓言要素的作品。」

這樣啊。我雖然沒讀過，不過在《晚年》的目錄裡看過——我隔壁的杉尾板著一張臉，像是在說：你連這個都不知道嗎？

「呃……接著我想請教比較私人的問題，您的父親與田中先生之間，發生過什麼事嗎？」

杉尾停止動作。他的心中掠過什麼想法嗎？只見他以無神的視線凝視桌面好一會兒後，重重吐出一口氣。

「應該是發生過什麼事吧。從那個時候起，田中先生就再也不來店裡了……家父也絕口不提他的名字。儘管仍然有互寄賀年卡，不過看樣子似乎不只是單純的吵架鬧翻。家父有出席田中先生的葬禮，也去掃過幾次墓。」

「您父親不曾提過原因嗎？」

「沒有，至少沒有告訴過家人。感覺上也很難開口問他怎麼回事……不對，我其實曾經問過一次，那是在田中先生過世的時候吧。我問他，他們突然不再碰面，是不是絕交了。

家父沒有告訴我詳細情況，只說自己並無絕交的打算，然後就只說了一句……『不知是等待的人痛苦，還是讓人等待的人痛苦，到底是哪一個呢？』」

這句話幾乎與太宰告訴檀一雄的話沒兩樣。只見栞子小姐陷入長久思考，我開口：

「這是什麼意思呢？」

「我也不知道，我也希望有人告訴我答案。」

特地引用這句話，表示發生的事情或許與太宰的作品有關，我想起田中嘉雄那本神祕的《晚年》。畢竟是古董書收藏家與舊書店老闆之間的事情。

「……關於田中嘉雄先生的藏書，您了解多少呢？他是否擁有砂子屋書房出版的《晚年》初版書呢？」

栞子小姐終於觸及核心。杉尾眨了眨眼睛，我屏息等待他會給予什麼回答。

「我並不了解這麼多。印象中他到我們家的時候，都是與家父聊舊書，不過……我已經記不太清楚了。」

說來也是理所當然，要是記得小時候見過的父親友人提過擁有哪些舊書，反而奇怪。不過栞子小姐則是例外。

「我不知道是不是田中先生，不過我聽說砂子屋書房的《晚年》珍本書在鎌倉的收藏家手裡……據說那本書是在虛貝堂成立之初賣出去的。」

栞子小姐鏡片後側的雙眼閃閃發光。這點與田中嘉雄在虛貝堂開店之時買進大量舊書的說法相符。

「那是什麼樣的珍本書呢？」

栞子小姐的上半身探向前詢問。杉尾搖頭說：

「細節我就不清楚了。這件事是我在家父死後才聽說，就算想確認也沒辦法……真是不好意思，從剛剛開始都沒辦法給妳什麼答案。我知道你們是接受委託正在找書，但這樣子根本沒幫上忙吧。」

我屏息。他為什麼知道我們接受了田中敏雄的委託？難道是栞子小姐說的——不對，栞子小姐也緘默著。看到我們驚訝的反應，杉尾反而露出困惑的表情說：

「咦？不是嗎？」

「我們確實是接到委託在找書……不過，您為什麼……」

「因為很久以前開始，我家就經常遇到文現里亞古書堂的人來向我們請教。我們家多年來都是商會理事，這一行只要有什麼風吹草動都會聽到消息……我還覺得很懷念呢。」

「……因為家母以前也這麼做過吧。」

栞子小姐低聲說道。據說篠川智惠子在失蹤之前，也接受舊書相關的諮詢。與自己討厭的母親做同樣的事，心情一定很複雜。

「智惠子的確有做過，不過聖司叔叔來請教事情的情況比較多。就是妳的爺爺。」

「咦？」

我們同時叫出聲。為什麼這時候會提到栞子小姐的爺爺？杉尾則驚訝地圓睜雙眼。

「難道小栞妳不知道嗎？雖然舊書商會分會最近也愈來愈少人知道……不過難道妳沒聽智惠子提過嗎？」

栞子小姐沉默搖頭。杉尾啪地拍了拍自己的額頭。

「真教人驚訝……八成因為妳爺爺和妳母親都不會跟家人談私事吧……接受上門客人的諮詢，最早是從妳爺爺開始的。似乎有收費，所以就是類似副業。他退休時，將店務交給兒子阿登繼承，而副業就由媳婦智惠子繼承。」

這個消息真是出乎意料，不過我們也因此終於明白了。丈夫和公公不可能沒注意到篠川智惠子奇妙的「副業」，她為什麼能夠自由行動，沒有受到老闆們的阻止呢？——如果這項工作是從上一代那兒繼承下來，自然就不難理解了。

「那麼，文現里亞古書堂從很早以前就接受這類委託了嗎？」

我問。

「是啊，我想應該是從開店之初就有了。」

也就是說從將近五十年前開始，文現里亞古書堂的人就已經在解決與舊書有關的事件——我們在完全不知情的情況下，也繼承了這項工作。

「當時聖司叔叔每天晚上都會到我們家來，與家父討論很嚴肅的事情……也許他也曾經和家父討論過田中先生的事。」

「與虛貝堂賣的那本《晚年》有關嗎？」

栞子小姐說。看樣子她似乎對那本有神祕加註字跡的《晚年》十分感興趣。

「事到如今我也沒有答案。早知道應該在家父過世之前問個清楚才是……我對那本《晚年》也相當好奇。」

杉尾苦笑，喝下一口已經不再冒熱氣的咖啡。

「既然你們來找我談，那本書一定有什麼緣由吧？畢竟你們店裡從以前就經常接受找尋珍貴舊書的委託吶。」

7

與杉尾道別後，我們坐上廂型車開往北鎌倉。離開戶塚車站前的商店街，沿著鐵路旁的縣道前進。坐在副駕駛座的栞子小姐始終保持沉默，過了一會兒她才小聲說：

「我第一次知道爺爺也做過和我們一樣的事……感覺很不真實。」

我也一樣——祖父那一輩發生的事情，現在由我們負責調查。或許因為如此，情況才會比平常更難處理。

我一邊開車，一邊在腦子裡整理截至目前為止得到的資訊。

我們正在尋找田中嘉雄原本擁有的那本《晚年》初版書的下落。那本書原本是在大約五十年前由虛貝堂賣出，虛貝堂的上一代老闆與田中嘉雄都是太宰的忠實書迷，交情很好，甚至還共組讀書會，卻因為發生了某件事而疏遠。在那個時期虛貝堂老闆前去商量的人，就是栞子小姐的爺爺——文現里亞古書堂的第一任老闆，這個人似乎也經常閱讀太宰的作品。

目前知道的就是這些。究竟發生過什麼事呢？又與栞子小姐的爺爺有什麼關係呢？我一點頭緒也沒有。

把我們捲進這件事情的源頭是寫那封信給我們的寄件人，也就是這次案子的委託人田中敏雄。而把他爺爺那本《晚年》消息告訴他的人物、杉尾讓我們看的照片中那些除了虛貝堂老闆與田中嘉雄之外的人物——全都還是個謎。再說，有太宰加註字跡的那本《晚年》初版書究竟是什麼狀況，我們也還不清楚。

「全都沒有答案……」

一如杉尾剛才所說，但是有件事怎麼看都不像是巧合。目前看來，所有關係人都喜歡太宰治的作品。我有預感，等到那些沒有答案的事情找到答案時，我們將會找到田中嘉雄的那本《晚年》。雖然這有可能只是我在做夢罷了。

我突然察覺來自副駕駛座的視線。琹子小姐正看著我的臉，我的自言自語被她聽見了。

「抱歉，我只是在自言自語。」

解釋完之後，我把臉轉向前方。前面一直有一輛公車，所以我們的速度始終快不起來，再加上又遇到紅燈。我望著車體上膚色與橘色的微妙配色，突然聽見琹子小姐清喉嚨的輕咳聲。

「我、我認為大、大輔很努力。杉尾先生說得有點過火了……不過、他、他沒有惡意。」

「什麼？」

「所以、那個、你不用太擔心……我、我、不會失去耐性的！」

她緊握的拳頭在穿著襯衫的胸前揮舞，像是在宣示自己的強烈決心。

「呃，妳在說什麼？」

琹子小姐全身僵硬。我的腦海中突然響起杉尾愕然的聲音：「你老是什麼也不知道，總有一天小琹會失去耐性喔。」——啊啊，那件事啊。她誤以為我很在意杉尾的訓斥了。

琹子小姐端正的臉上漸漸變得通紅，她僵硬地轉動脖子，開始假裝看向遠方。

「……我、我沒有、說什麼。」

重音怪怪的。我差點噗哧笑出來。

「不，剛才的話——」

琹子小姐突然伸過一隻手遮住我的嘴巴，那隻手熱熱的。這是怎麼回事，心跳變得好快。我緩緩拉開她的手掌，那隻手一度想要抽回去，卻被我緊緊握住不放。

我認真道謝。她雖然搞錯了，不過她的鼓勵讓我很高興。

「謝謝妳。」

「不……不客氣。」

她低著頭回應，語氣像是在生氣。她又害羞得無地自容了嗎？上半身不停扭動，並且用力回握我的手。這樣說有些奇怪，不過我這才真正覺得自己正在和這個人交往。

我還想多握一會兒，紅綠燈卻變成綠色，只好放手。

「……妳覺得很不真實或許因為那些事情不是真的？畢竟他說的是妳爺爺。」

我等她恢復冷靜之後，開口問道。公車開往另一條路上，眼前的視野突然開闊了起來，天空滿是黑壓壓的烏雲，瀰漫著即將下雨的氣氛。

「不，我想是真的，因為是虛貝堂老闆說的。」

栞子小姐回答。

「但是，我所認識的爺爺十分正經又冷漠……感覺難以親近，不像是會接受他人諮詢的類型，所以……」

一聽到難以親近，我就想到栞子小姐的父親。篠川家的男人如果做出與外表不符的舉動也很正常，因為栞子小姐的父親就花了十年時間等待一個不合常理的失蹤妻子。

「不過，我想爺爺應該沒有和我母親一樣，會去威脅或是逼問他人……畢竟他年輕時曾經想當神父。」

「神父是指天主教的神父？」

真是出乎意料的職業。我完全無法想像身邊有這樣的人存在。

「是的。他在虔誠的天主教家庭長大，名字聖司，就是來自於《聖經》的『聖』字。」

篠川聖司啊。我終於知道他的全名怎麼寫了。

「結果他沒能夠成為神職人員，不過信仰仍然持續著，才會將店名取為『文現里亞』。」

我不解偏著頭。店名是文現里亞，所以呢？

「……『文現里亞（Biblia）』是拉丁文《聖經》的意思。」

「欸？這樣嗎？」

已經在這裡工作近一年了，我這才知道店名的由來。我從來不曾想過店名為什麼叫做「文現里亞古書堂」（編註）。

「採用外文店名的舊書店很少見，因此開店之初有很多人都覺得不可思議，甚至還有外國客人以為我們是《聖經》專賣店。」

這麼說來，栞子小姐和她母親也都是念天主教女校，這是因為她們在熟悉天主教的環境下長大嗎？

「栞子小姐妳也上教堂……咦？沒有吧？」

做禮拜應該是在星期天，不過這個人週末都在店裡辛勤工作。

「信仰終究是個人自由，所以爺爺的觀念是不向家人強力推銷……我也閱讀《聖經》，不過現在不是信徒。我們家族裡曾經受洗的，應該就只有爺爺了……母親的話，我不太清楚。」

突然有個疑問掠過腦袋。生性正經的爺爺與篠川智惠子是什麼樣的關係呢？很難想像他們個性合得來，但如果不夠信任的話，他應該不會讓她繼承自己的工作。

「爺爺閱讀太宰的作品或許也與信仰有關。太宰對《聖經》很熟悉，也寫過取材自《聖經》的作品。我那本《晚年》中寫有『戴罪之子』這段話，就有點天主教的感覺。」

我們開著廂型車回到了北鎌倉。停在車站附近的平交道時，我的手機收到了電子郵件。我確認來信者。

「……田中來信了。」

正要看信時，電車正好過去了，平交道的柵欄升起。我把智慧型手機交給副駕駛座的人保

編註：拉丁文 Biblia 意指聖經，亦有典籍、文獻之意，中文譯名「文現里亞」取自「文獻裡啊」之諧音，意指謎題就藏在文獻裡。

管，繼續開車往前行。很多觀光客走在鐵路沿線，所以車速始終快不起來。

「我可以看看這封電子郵件嗎？」

反正應該是寫給栞子小姐的內容。只見她一臉緊繃開始看信。

「……這是他針對我們的疑問提出的回答，包括在論壇上告訴他《晚年》消息那個人的帳號，還有田中嘉雄先生朋友的聯絡方式……啊。」

「怎麼了？」

「看來田中嘉雄先生的朋友曾經打電話給委託人。」

「咦？對方主動聯絡？之前明明拒絕幫忙不是嗎？」

「是的……對方問他找那本《晚年》的原因，於是他向對方說明了來龍去脈，包括委託我們代為尋找一事，他也把說明的內容寫在信裡了。結果待他說明完畢，對方就掛了電話……」

我們來到能夠看見文現里亞古書堂的地方。今天是公休日，書店當然關門沒營業，不過有人正從正面的玻璃門前窺視店內，是一位上了年紀的男子，穿著短袖白襯衫，戴著灰色獵帽。

「那位朋友的名字是小谷。小谷次郎先生。」

「小谷……」

我喃喃說著。杉尾剛才給我們看的照片上也有那個人，就是那位眼尾有些上揚的男子名字，而現在站在店門前的老人側臉，也仍清楚留下當時的影子。我把車子停在他附近，打開車窗。

「……您、您前來敝店，有什麼事嗎？」

栞子小姐戰戰兢兢地開口。老人站定不動，拿下帽子。

「我來這裡是有話要告訴你們。」

小谷次郎以沙啞的聲音說道。

8

栞子小姐領著小谷進入篠川家的和室。老人打直背部，面對我們端正跪坐。雖然說這是理所當然的事，不過他的相貌和那張照片上的模樣相去甚遠，頭髮幾乎已經掉光，鬆弛的皮膚上也布滿皺紋。

但是，差別最大的還是他的表情，照片上的開朗笑容已不復見，他看來就像是個陰沉又難相處的人。

「一位叫田中敏雄的男人曾經與我聯絡。」

他沒有自我介紹，劈頭就這麼說道。臉頰頻頻抽搐，大概是相當不悅吧。

「你們或許知道他。他是一個罪犯，保釋出獄後，到處尋找自己爺爺原本持有的太宰舊書，還打電話找上我。我已經打發過他一次，卻又擔心他有什麼不良企圖，所以找他問個清楚……話說回來，遭那個男人襲擊而重傷的人，應該就是妳吧？」

他知道栞子小姐就是一年前那椿事件的被害人。畢竟他也住在鎌倉，知道這點事情也沒什麼好意外。

「是、是的……就是我。」

「既然如此，妳為什麼還要幫忙那個壞蛋找書呢？像妳這樣的年輕小姑娘……如果是受到那個男人威脅的話，可以找我商量，我們一起去找警察。」

聽到他熱心的語氣，讓我對小谷的印象改觀。他似乎是因為擔心栞子小姐才會特地前來上門拜訪。

「不，那個……我、我沒有受到威脅。我是自願接受委託……因為我覺得有必要。」

她將來龍去脈解釋了一遍。同意幫忙找書是為了警告現在的持有人，還有即使找到書，也打算告訴田中沒找到，諸如此類——至於我們店裡收到威脅信的事，她自然沒有告訴小谷。

老人動也不動，專注聆聽著，臉上的不悅表情仍然沒有解除。

「但是，這種事情不是交給警方處理比較好嗎？也許會有個什麼萬一。」

「目前田中敏雄先生只是在找尋爺爺藏書的下落而已，我想警方大概也無力阻止。」

栞子小姐的語氣變得比平常更流暢了。大抵來說，只要話題與書相關，她的開關就會打開。

「當然，如果我覺得危險的話，就會報警……而且我不是一個人，我還有他在。」

栞子小姐的聲音裡摻雜著羞怯。啊，是在說我嗎？——我晚了幾秒鐘才反應過來。栞子小姐十分信賴我。

「我也會小心……不會讓她遭遇危險。」

小谷抬眼睥睨抬頭挺胸的我，他的冰冷視線讓我有些退縮。

「你也長得很高大呢。」

他以平板的聲音說：

「我剛才還以為田中是不是也在場。」

聽到這句話，我愣了一下。他所說的田中應該不是指現在活著的孫子，而是爺爺田中嘉雄。就照片上看來，我們長得不像，或許是我們的體格有共通之處吧。

「您與田中嘉雄先生曾經感情很好吧。我聽說兩位是朋友……」

栞子小姐問。小谷的表情變得更嚴肅。

「不，我們不是朋友。」

我不解偏著頭。田中敏雄明明清楚表示他是「爺爺的朋友」，杉尾的母親也記得他們兩人曾經一起去虛貝堂。

「我們只是偶爾碰個面，多少有點交情而已，根本稱不上是朋友……不曉得為什麼有那麼多人誤會。」

「您與田中嘉雄先生是怎麼認識的呢？」

「我當時在大船的拍攝片廠製作部門工作。單身時期總是在拍攝片廠附近的日式簡餐店吃晚飯……雖然名為日式簡餐店，不過一到晚上店裡也會提供一些單點菜色和酒。那兒是工作人員經常光顧的地方，現在似乎已經歇業了。

當時，拍攝片廠附近有許多那一類的店鋪，我們是在那家店裡認識。田中在拍攝片廠裡也有很多熟人，所以經常來大船。」

「……是五浦食堂嗎？」

我說出外婆過去經營的日式簡餐店名稱，小谷變了臉色。

「你怎麼會知道……等等，你姓五浦，對吧？你該不會是絹子女士的兒子？」

「五浦絹子是我外婆。」

聽到我的回答，老人露出自嘲的笑容。

「也是，怎麼可能是兒子……畢竟已經五十年前了。不過這真是太巧了，絹子女士好嗎？」

「她已經在兩年前過世，因為腦內發現腫瘤。」

「這樣啊。絹子女士她已經……我沒能夠前往拈香，真是太失禮了。」

小谷突然恭恭敬敬地道歉，我連忙致謝。世界上有這麼巧合的事嗎？我開始感覺有些可怕了。這次事件不只與篠川家有關，也扯上了五浦家。這只是偶然嗎？

「田中嘉雄先生也經常光顧五浦食堂嗎？」

我耐著震驚問道。他或許知道外婆與田中嘉雄的關係，但是，小谷毫不猶豫地回答：

「他雖然算是常客，不過光顧的次數沒有我那麼頻繁。我記得只要他有去店裡，總會和絹子女士聊很久，話題都是文學……他們也經常互相借書。」

「互相借書？」

「是的。絹子女士經常和常客之間這麼做，包括我在內。絹子女士似乎喜歡明治、大正時代的近代文學，只要是常客們推薦的新作都會讀過一遍。她也會給愛書的客人特別招待……可以讓我們賒帳。」

我知道外婆和田中嘉雄的事，不過這是我第一次知道原來她和其他常客也很熟絡。拍攝片廠充滿活力且外婆還年輕，那段時期的五浦食堂與我所知道的蕭條日式簡餐店截然不同。

「小谷先生也和田中先生聊過文學嗎？」

栞子小姐若無其事地加入對話。老人重新交握起擺在矮桌上的雙手。

「不……我和那個男人興趣不合，尤其是他喜歡太宰這點實在太幼稚。你們是經營舊書店的，所以應該知道吧，太宰雖然十分受歡迎，但是作品缺乏深度。」

「……或許也有這種意見吧。」

琹子小姐的聲音突然變得低沉，表情雖然沒有改變，但總是在她身邊的我很清楚——她相當憤怒。小谷沒把我的慌張看在眼裡，繼續說下去：

「太宰擅長將苦惱的自己戲劇化，以小說的形式分批販售。這點我雖然認同，不過讀者應該僅限學生時期接觸就夠了。我也曾經如此，等我長大後，就不再有興趣閱讀他的作品。要不是他年紀輕輕就以那種方式死去，應該早就不會有人記得他了。同屬無賴派（註2）的坂口安吾、石川淳等人都是更優秀的作家。再說……」

「我不這麼認為。」

琹子小姐打斷對方的話。被打斷的人也嚇了一跳。

「太宰雖然早死，不過可以確定的是他的人氣始終不墜。無賴派的其他作家們也有大大小小的醜聞，剛才您提到的坂口安吾和石川淳也認同太宰的才能，在他過世時，也曾經由衷地寫下追悼文……」

她說到這裡住嘴，大概是終於注意到我用手肘不停戳她了吧。琹子小姐對小谷低頭鞠躬。

「抱、抱歉……因為我喜歡太宰……」

「不……我也說得太過火了。」

老人坐立不安地轉開視線。我覺得小谷的態度有些奇怪，卻無法清楚指出是哪裡不對勁，不過的確有些不合理，感覺他似乎有所隱瞞。

「有個東西想給您看看……大輔，剛才那個。」

在栞子小姐催促下，我從擺在腿上的斜肩背包裡拿出那張黑白照片。道別時，我們向杉尾借來這張照片。小谷很明顯一瞬間屏住呼吸。

「你們從哪兒拿到的？」

「從這張照片上也拍到的杉尾先生他兒子那兒借來的。您與虛貝堂的老闆也認識吧？」

「……我曾經去過那家舊書店很多次，我對舊書也有點興趣。」

栞子小姐指著照片上不知道名字、看來很像父女的兩個人。

「請問這兩位是誰？」

小谷瞇起眼睛，身子往後退，將照片拉遠，我想大概是老花眼的關係。

「穿和服的這位是大學教授富澤先生，身旁這位是他的女兒……他長年研究太宰，也寫了許多評論，在那一行是很有名的人物。他在杉尾和田中就讀的大學裡任教，對於他們兩人來說就像是師父。」

他慢條斯理地說明，彷彿在仔細挑選用詞。所以意思是他們在大學畢業後也仍持續著師徒關

註2：戰後日本文學派系之一，其特點為具反叛精神，對生活採取自嘲的態度，專寫病態、陰鬱、墮落的作品。

係嗎？

「拍照的地點是腰越吧？」

「是的，這裡是富澤先生家的庭院。聽說他買下這間房子，就是因為能夠看見與太宰有關的地方……他現在仍然住在那兒，由住在附近的女兒負責照顧他。田中他們經常去他家裡向富澤先生請教太宰的事情。」

原來和服男子也是忠實的太宰迷。為了那種理由買房子，一般人很難想像吧。

「小谷先生為什麼也去了富澤先生家呢？」

「我提過我在拍攝片廠的製作部門工作吧。當時公司決定拍一部電影，要在能夠看見小動岬的庭院裡拍攝外景，於是田中替我引介富澤先生家。拍照這天我是去現場勘景，田中和杉尾成立了太宰研究會之類的社團，當時正好在富澤先生家裡聽課。」

「浪漫奇想會，對吧？」

栞子小姐像是突然想起般提出來。

「是的，應該就是那個名字……會員只有他們幾個。」

「社團的名稱果然是參考太宰的〈浪漫奇想〉，沒錯吧？」

「緣由我不清楚，我沒讀過那篇作品。總之，他們在聽課的時候，我用相機拍攝庭院的樣子，後來就跟大家一起拍了這張紀念照。」

「您後來還有和富澤先生來往嗎？」

「沒有。畢竟他是太宰的研究者，與我的看書興趣不同……我們曾經見過幾次面，不過也就僅止於此。他現在年紀應該相當大了。」

我覺得他的說詞姑且算合理，但我一直很在意照片上小谷的笑容，似乎與他剛才的描述有些不吻合。關於五十年前發生的事情，這個人或許知道得更多——我看了看栞子小姐的表情，看來她也同樣無法接受，畢竟這件事與我們也有關係。

「聽說在拍這張照片的不久之前，田中嘉雄先生從虛貝堂那兒購買了《晚年》的初版書……您是否知道些什麼呢？」

栞子小姐進入正題。小谷蹙眉思索，不曉得他是在回憶當年或是不知道該如何回答，我無從判斷。

「……我曾經聽田中說過他買下《晚年》珍本書這件事，但我沒聽說是什麼樣的珍本書，不過……他提過因為對真偽沒有自信，所以打算請富澤先生幫忙看看。」

「後來發生什麼事了？」

栞子小姐往前探出上半身，對方卻搖頭。

「細節我不知道。之後的事情妳可以請教富澤先生……我告訴妳電話號碼，順便也把他女兒的名字給妳。」

他從口袋拿出記事本，撕下一頁，並且翻開聯絡簿那頁，以漂亮的字跡寫下姓名和電話號碼。名字是「富澤博」與「富澤紀子」，電話號碼的區碼是鎌倉。

「別向富澤先生提到小谷這名字，我希望你們告訴他電話號碼也是從別人那兒打聽到的。」

小谷將紙條遞給我們，同時以堅定的語氣說道。到此，我們已經可以確定過去一定發生過什麼事，否則他不會附帶這樣的條件。

栞子小姐不問「為什麼」也沒說「明白了」，眼鏡後頭的視線只是看著小谷。我嚥了嚥口水，看著事情的發展。有辦法從這位頑固老人口中問出實情嗎？

「聽說拍完這張照片之後，田中先生與杉尾先生就逐漸疏遠了。您是不是知道原因呢？」

「不知道。」

他冷漠回答完畢就準備起身。

「我們的談話就到此結……」

「我們聽說杉屋先生對於當時的事情是這樣說的——」

栞子小姐打斷對方的話繼續說：

「『不知是等待的人痛苦，還是讓人等待的人痛苦，到底是哪一個呢？』」

小谷瞬間睜大了雙眼。看樣子他心裡有數，但他又馬上掩飾自己的驚訝。

「……那是檀一雄《小說　太宰治》裡的內容吧，我也讀過。據說那個故事就是《跑吧，美樂斯》的由來，我想應該沒有太大的意義。」

「但是，既然他特地引用這段內容，表示應該有什麼意義才對吧。《跑吧，美樂斯》是關於友情的故事，《小說　太宰治》也是談論檀一雄與太宰交情的寫實小說……您應該讀過《跑吧，美樂斯》吧？」

「就算我不喜歡，也總有機會讀到。國中時因為老師推薦，所以看過，也就僅止於此。又不是什麼了不起的小說，搞不懂為什麼有人要盛讚那樣的作品。」

我突然發現自己為何覺得小谷的行徑不合理——他對於太宰的作品莫名嚴厲。如果只是這樣還可以理解，但他會不斷批評。如果不喜歡的話，可以不接觸，所以他其實是喜歡太宰的吧——他明明說過自己只讀過代表作，為什麼會討厭呢？

「《跑吧，美樂斯》雖然是太宰的代表作，但事實上另有原作。」

「咦？是這樣嗎？」

我忍不住反問，這還是我第一次聽說。接著小谷趁勢繼續說：

「德國詩人席勒（Johann Christoph Friedrich Von Schiller，一七五九～一八〇五年）以羅馬時代的傳說故事為藍本，寫下《人質》這首詩，詩裡提到殘酷的國王宣判死刑、妹妹的婚禮、三天時間、以朋友當人質、與國王和解……《跑吧，美樂斯》的構成要素幾乎都在其中，太宰只是將席勒的詩改編成小說而已。」

「……《跑吧，美樂斯》的最後也提到故事是以席勒的詩及古老傳說故事為藍本。」

栞子小姐低聲回應。小谷冷笑繼續說：

「還是不能改變改編的事實啊。只要讀過《人質》就知道沒必要看《跑吧，美樂斯》，《人質》的內容更簡潔漂亮。」

「我同意那的確是一首優美的詩……您是在筑摩書房出版的《世界文學大系》裡讀到席勒的《人質》嗎？」

「是啊。那套書我年輕時就開始發行，我透過那套全集讀到許多第一次接觸的作品。另外我也在其他書裡讀過那篇傳說故事，西塞羅的《論義務》，岩波文庫的藍帶版吧……也簡單介紹了美樂斯與塞里努丟斯的傳說故事。不管哪一個，都比太宰的小說更教人印象深刻。」

栞子小姐突然沉默。小谷立刻拿起帽子準備離開，若是讓他在這裡逃掉了，我們恐怕再也沒有機會見到他。我不知道能否成功攔住他，栞子小姐就先開口了。

「您能否再說一次主角們的名字呢？」

她的口氣莫名強勢。小谷稍微皺起臉。

「……什麼意思？」

「席勒的《人質》或西塞羅的《論義務》，兩者的哪一個都可以，請告訴我故事主角和朋友的名字……如果您印象深刻的話，一定會記得。」

屋裡一片寂靜。老人彷彿被踩到痛處，沉默不語——我滿心困惑。不對啊，他剛才不是說了，而且那兩部作品都是《跑吧，美樂斯》的原始版本。

「不是……美樂斯和塞里努丟斯嗎？」

我小聲問。沒想到栞子小姐居然乾脆地搖頭。

「有幾部作品均是擷取自那個傳說故事，不過主角的名字沒有固定。在席勒的《人質》、西塞羅的《論義務》中出現的人物名稱不是美樂斯與塞里努丟斯……而是達蒙與皮西厄斯。」

「咦……怎麼完全不一樣？」

「是的。這篇故事的主角在日本的名字幾乎固定是美樂斯，不過在歐美一般都是達蒙。在翻譯席勒的《人質》時，日文版基於某些原因，將主角的名字譯為美樂斯，而太宰也說過自己是參考那個版本。」

好多事情我都是今天才第一次聽到。雖說栞子小姐原本就是太宰迷，不過她懂的知識真的很不一樣。而且她正在運用那些知識，迫使這位老人說出真相。

「小谷先生，您沒有讀過席勒的《人質》，也沒有讀過西塞羅的《論義務》吧。但是您對於《跑吧，美樂斯》的典故相當清楚……至少您在過去曾是太宰的忠實書迷，也曾經研究過他作品的緣起，是不是呢？」

小谷動了動喉嚨，半開的嘴唇在顫抖。

「不是……我才不看太宰的作品。」

儘管如此，他還是不準備承認。

「我不這麼認為。您說過討厭太宰，但您四周卻有許多太宰迷，這樣顯得很不自然。事實上您與田中先生、杉尾先生一樣，都是浪漫奇想會的一員吧？

太宰的〈浪漫奇想〉故事中提到不同際遇的男人們最後相逢、結為至交好友。如果您與他們的情況相似的話，只有兩位成員就太奇怪，這樣就少一個人了。」

「說那什麼蠢話，少一個人又不是什麼大問題。」

說出口之後，小谷才驚覺不對。沒讀過那篇故事的我也知道，栞子小姐一直在等的就是這一刻。她反駁小谷，不只是因為她是太宰迷，栞子小姐的目的是為了讓這位老人主動提起太宰，露出破綻。

「您為什麼知道在〈浪漫奇想〉中登場的男人有三位呢？」

9

「我十幾歲時讀太宰，後來曾經一度想遠離太宰的作品，這是實話。」

小谷以沙啞的聲音開始說明。窗外驟降的大雨拍打著地面，屋裡變得一片昏暗，不過沒有人打算去開燈。

「我把興趣轉移到其他無賴派作家的作品上也不是謊言。明明是在拍攝片廠工作，但我當時對於文學的興趣更勝於電影，在片廠內也幾乎不與同事交際，假日也多半是自己一個人在看書，沒有稱得上是朋友的朋友。

然後就在某天，我在五浦食堂偶然與田中、杉尾併桌吃飯。他們一邊喝酒一邊討論太宰文學的美好……我沒想到他們會聊起《跑吧，美樂斯》。一方面是我當時也年輕，聽著聽著就忍不住開口反駁了。」

「這就是您與他們相識的契機吧。」

栞子小姐以感慨的語氣說道。

「是的。我當時對於模仿太宰打扮的田中特別看不順眼……但是他們卻開心接納了我這個來找碴的陌生男子。他們說，多一位對太宰抱持懷疑的人，討論會更加熱烈。當時大家都還年輕，侃侃而談到最後，我們不知不覺之間已經意氣相投，田中當場提議要成立社團，並說：『過去過著完全不同人生的三個人在販賣酒的店裡相遇，簡直就像是太宰的〈浪漫奇想〉，這不是很有意思的徵兆嗎？』」

然後，他對我微笑。

「當時一邊工作一邊聽我們對話的絹子女士也笑了，當晚還請了所有人吃飯……我們因此成為摯友。」

我沒有見到當時的場景，腦袋裡卻不知為何浮現那幅景象。這件事情很久以前發生在我現在住的房子裡。

「一群門外漢憑著一時衝動成立浪漫奇想會，在那之後持續了好幾年。我們各自研究自己喜歡的文學主題，然後在五浦食堂集合發表成果。一方面也是多虧有學者富澤先生的協助，不只是太宰的書，他的書庫裡有許多珍貴的初版書，以及出版冊數很少的研究專書等。他允許我們可以待在他的書庫裡，自由借閱藏書。他為人就像小孩子一樣不拘小節，我們稱呼他老師以表示仰慕。但是……」

小谷痛苦得說不出話來。似乎是發生了難以啟齒的事情，他們三人之間究竟出了什麼事？

「我們只是為了找尋那本《晚年》的下落，所以想向您了解當時的詳情，不會把這些事情說出去。」

栞子小姐這樣安撫著。老人輕輕搖頭。

「不，事到如今也沒有隱瞞的必要了，我會全部說出來……從某個時候開始，我們三人就被禁止進入富澤家，是在拍了這張照片的幾個月之後，我記得大概是秋季中旬。」

我在腦海中計算時間，也就是昭和三十九年（一九六四年）十月左右嗎？

「我說過我們借用這座庭院拍電影也是事實。當時的確是為了物色外景地，所以拍下這張照片。電影拍攝順利結束後，好久沒有放假的我趁著休假去富澤先生……老師家拜訪，卻吃了閉門羹。據他女兒的說法，似乎是我們浪漫奇想會之中，有人偷了老師最寶貝的稀有書。」

「她說的稀有書是……？」

「她沒有告訴我，只強調老師要把舊書鎖起來，不准我們再去他家。」

小谷淡淡地回答。我明白他是刻意不摻雜個人情感述說著。

「那間書庫裡的確有很多珍貴的東西，不過我連想都沒有想過要偷。總之，我先找杉尾和田中，想要碰個面……田中卻不理會我的邀約，寫信或打電話都不回應。我直接去他家裡看看，他卻假裝不在家。」

「書是田中先生偷的嗎？」

我戰戰兢兢地確認。如果真是這樣，不僅孫子如此，連爺爺都是鎖定別人舊書的罪犯了。

「也只能這樣想了。可是我無法相信，田中跟太宰一樣都是個性軟弱的大少爺，怎麼可能偷別人的東西呢？當時他在他父親的公司裡擔任要職，也是我們三人之中最不缺錢的人。

話雖如此，拒絕和我聯絡顯然就有問題。因為他始終避不見面，我最後只好請快遞送最終通牒給他，告訴他我明天一整天會和杉尾在三人初次相遇的五浦食堂等他。我們想幫他，希望他現身將事情解釋清楚……儘管如此，那傢伙還是沒來，於是浪漫奇想會就在那天解散了。」

「……被偷的書怎麼了呢？」

栞子小姐問。

「這件事情也很奇妙。據說是杉尾的一個朋友把書找回來了，至於他的朋友是誰，我就不太清楚了。」

這樣一來就與剛才在戶塚聽到的內容對上了，虛貝堂的老闆找栞子小姐的爺爺篠川聖司談過這件事情。篠川聖司把書找出來，物歸原主——看樣子他和栞子小姐、篠川智惠子一樣，都是實力堅強的人物。

「杉尾沒有告訴我詳細情況，也沒有說田中是不是犯人，因此我也開始無法信任杉尾，我懷疑那傢伙也是這起事件的主謀之一……於是我們三個就完全疏遠了。」

照片上那個面帶微笑的男人，大概就是在那個時候消失了吧。對於朋友們的不信任，也導致他否定太宰的作品。

「後來我有了家庭，大致上過著平穩的生活。田中與杉尾也過世了。但是，我偶爾會想田中當時在想些什麼？難道沒有什麼我能夠做的事嗎？……有時也會覺得自己現在仍在五浦食堂裡等待著田中，或許田中也一直掛念著我們在等他。」

他閉上眼睛，彷彿在探尋內心深處。

「『塞里努丟斯啊，請原諒我。你總是相信我，我也沒有欺騙你，我們真的是最好的朋友，黑暗的疑惑之雲連一次也不曾停留在我倆的心頭。就連現在，你也依舊毫不懷疑地等待著我。啊啊，你在等我吧。』」

他嘴裡流暢地背誦出這段內容，毫無停滯。連我也知道這是《跑吧，美樂斯》裡頭的一段。他說後來就不讀這部作品了，果然是撒謊。這五十年來，他應該不斷反覆閱讀吧。

不知是等待的人痛苦，還是讓人等待的人痛苦——杉尾的父親所說的這句話，是針對小谷和田中嘉雄吧。田中嘉雄在與小谷絕交之後，仍然告訴家人，小谷是他的朋友。知道別人在等待，不可能完全不覺痛苦。

「……其實我也一直很好奇你們在調查的那本《晚年》。」

小谷說。

「就在我們絕交的兩、三個月之前，田中在杉尾的店裡買下那本書，然後拿去富澤先生家給他看。這件事或許有點關係。」

「那本《晚年》是什麼狀況呢？您看過嗎？」

考慮到他們三人的交情，我很自然會想到小谷應該看過，但小谷遺憾地搖頭。

「我沒看過。不過可以確定書裡有太宰親筆加註的字……田中沒讓我看。」

「沒讓您看……這是什麼意思？」

「田中原本打算仔細調查手寫字的真偽之後，就要在浪漫奇想會上發表。他希望能炒熱發表現場的氣氛，所以事前相當保密。事實上我也很期待，因此杉尾和富澤先生也是基於這一點緘口不提。」

「這樣啊……」

栞子小姐的語氣中有些沮喪，我也覺得很可惜。究竟是如何珍貴的書呢？目前幾乎沒有線索。但是——小谷繼續說：

「田中曾經利用許多資料，嚴密調查太宰殉情自殺未遂一事。也許和那件事情有關。」

「殉情自殺是指在腰越的事件嗎？」

「也許是。我聽說他在閱讀諸多資料的過程中，有了重大的發現，打算一併發表。富澤先生也許會知道更多細節，畢竟田中是利用那間房子裡的資料來進行調查。」

栞子小姐手抵著唇邊，陷入沉思。將近五十年前發生的事情隱約有了輪廓，但是，真相仍然充滿謎團。那本《晚年》到底是什麼？偷書賊真的是田中嘉雄嗎？——想要知道這些答案，就必須見見那位富澤先生了。

「查出詳情後，我希望你們能夠毫不保留地告訴我。」

小谷以沉重又安穩的聲音說道。剛才的陰鬱已經從他的臉上消失了。

「不管真相多麼醜陋、多麼教人難以接受，都無妨。我已經做好心理準備……我想知道田中和杉尾真正的想法……然後，就能夠毫無芥蒂地在另一個世界與他們重逢。」

我的內心深深受到感動。這是他的真心話，他想要把幾十年來獨自放在心底的重要東西託付給我們。

「我明白了。」

栞子小姐重重點頭。

「我一定會把真相告訴您。」

第二章

《越級申訴》

1

『我是以前和你交換過舊書情報的春燈。』

這篇訊息從這行文字開始。「春燈」似乎是暱稱。

我隔著栞子小姐的肩膀看向電腦螢幕。老人家小谷離開後，我和栞子小姐開始確認田中敏雄寄來的電子郵件。電子郵件中附帶田中從舊書迷那兒收到的那則訊息，我們用店裡的電腦開啟那則訊息。

『你以前曾經在公布欄上希望大家提供砂子屋書店出版的《晚年》消息。我看到去年有一位田中敏雄引起的事件相關報導，因此聯想到你該不會就是那位田中敏雄先生，也就是田中嘉雄先生的親人吧？

如果是我弄錯的話，接下來的內容就請直接跳過。

事實上，關於田中嘉雄先生收藏的《晚年》，我曾經聽住在鎌倉附近的古董書收藏家提起過這件事。那個人在大約四十年前，從田中先生手上便宜買下那本《晚年》，並始終小心翼翼地保存著。

那本稀有書的部分內頁已經被裁開，書裡也沒有簽名，不過有太宰親筆註明的特殊內容字跡。我個人對太宰的興趣不大，所以沒有請對方讓我看看那本書，這些內容在當時只是如閒話家常般帶過。

我猶豫著該不該告訴你這件事，但我們同樣有收藏舊書的興趣，而且我也明白你對《晚年》的執著。假如你是田中敏雄先生，對於我提到的《晚年》有興趣的話，我們可以直接見個面，詳細談談。也許交涉順利的話，就能夠向現在的持有人買下那本書。期待你的回應。』

「……這是什麼？」

我坦白說出自己的感想。結果這則訊息是怎麼回事？聽田中說明時，我就有同樣的想法了──訊息中幾乎沒有具體的資訊，寫下這則訊息的人究竟是誰？

「單就字面看來，對方似乎希望擔任那本《晚年》的交易仲介，從中賺取手續費。不過……光憑這些無法斷定。」

栞子小姐說。

「但我認為這則訊息的目的很清楚，對方是為了引起田中敏雄先生的注意，讓他回覆。故意隱瞞資訊也是基於這個原因吧，才會在確認他回覆之後便退出論壇。」

會員無法發送訊息給已經退出的會員。也就是說，田中一開始回覆訊息時，這個「春燈」的帳號還在。

「……為什麼退出呢？」

「這一點也很奇怪。假如目的只是為了等他回一次訊息，也沒有必要特地退出論壇。如果事情談不攏，無論對方往後說了什麼，只要視而不見就行了吧。」

栞子小姐點開瀏覽器，打開那個論壇的網頁，搜尋「春燈」的暱稱或ＩＤ。一如田中所云，出現的結果只有「該使用者已經退出論壇」這幾個字。

我們還不知道這號人物的真實身分。萬一收到數量龐大的騷擾訊息，就像田中過去對栞子小姐所做的一樣，只要通知論壇的經營公司或報警，他們就會協助解決。再怎麼說也沒必要突然退出論壇吧。

「對方是什麼人，我一點頭緒也沒有。真希望這個人曾經在哪裡留下資訊……」

栞子小姐點開瀏覽器的「書籤」，打開其他網頁。那是稱為「神奈川舊書同好會」的論壇，參加成員約五百多人，人數不是太多。站內有縣內舊書活動、歇業的舊書店資訊等幾個專業的分類標籤。寫訊息給田中的人，應該也會加入這個論壇，當然田中也是。

「栞子小姐也有加入這個論壇嗎？」

「沒有，我只是偶爾瀏覽一下。工作以外我不太上網……」

她邊說邊打開「雜談」的分類標籤。

「人氣最高的是這項分類。既然加入論壇會員的話，我想應該多少會發表文章。」

雖然她說人氣最高，但也不是不斷有熱烈的討論，頂多是哪間店收購舊書的價格最高等等，只要有人留言，隔天就有其他人回應，這樣持續下去而已。會員的措辭很穩重，年齡層似乎偏高。可惜我們回溯了幾個月的內容，還是沒有找到那個暱稱「春燈」的留言。

「……可能是退出了，所以留言被刪除了吧。」

我喃喃說道。栞子小姐搖頭。

「不，即使退出了，留言也會留著，只會變成沒有暱稱或ＩＤ的樣子。」

聽她這麼一說，的確有不少留言的留言者名稱顯示空白。從這個論壇退出的會員似乎並不罕見，這樣一來就無法鎖定哪些是「春燈」的留言了。繼續回溯到去年的舊發文之後，我看到了眼熟的對話。

葛原　2010/3/10 18:24

『我看到長谷文學館展示的砂子屋書房出版的《晚年》，那是狀態很好的未裁切書。似乎是個人收藏品，是鎌倉附近的收藏家持有的嗎？』

SONOGI 2010/3/11 13:41

『葛原　我想那是位在北鎌倉的文現里亞古書堂店長私人的書。我也曾經見過那本書，那間舊書店相當不錯喔。』

我們沉默了一會兒。如果沒有這段對話的話，田中就不會知道栞子小姐的身分，栞子小姐也不會受傷了。簡直就是命運的分歧點——但如果沒有這段對話的話，我也不會受僱在文現里亞古書堂工作，也不會和這個人交往了。心情真複雜啊。

「提出問題的人是田中吧。」

「是的，我也是住院之後才注意到這段留言。葛原這個暱稱我想是出自於太宰的短篇作品〈盲人獨笑〉，因為主角的名字就是『葛原勾當』。」

根據前後的舊文章看來，「葛原」很認真在交流。他會提問，也會仔細回答別人提出的問題，似乎和幾位會員有直接私訊交談。肯定沒有人能夠想像他會引起那樣的事件。

「對於『春燈』，我們似乎無法得知更多。目前看來，這條線似乎查不下去了。」

栞子小姐關閉論壇網頁。

「那麼，我們接下來該怎麼辦？」

「看樣子只好直接找富澤博先生請教了……雖然我不知道他願不願意見我們。」

栞子小姐剛才打了從小谷那兒拿到的電話號碼，接電話的人是富澤博的女兒——應該就是照片裡的富澤紀子。栞子小姐向她說明了事情經過，不過她不願意代為轉達，只說會先問問父親，改天再告訴我們結果，就掛了電話。

反應看來似乎不太理想。對方會拒絕也是理所當然，如果他們認為偷書賊是浪漫奇想會的成員，自然不願意幫忙尋找田中嘉雄的藏書下落。

我從炫目的螢幕裡抬起眼，凝視昏暗的書店角落。放下窗簾的玻璃門沒有太多光線照進來，如果是晴天的話，現在這時間應該正好會曬入西下的太陽光。

（……是不是改由其他線索調查比較好呢？）

不，就像小谷之前說的，還是應該找警方商量比較好。總覺得這次的事情愈深入愈危險，而徵兆也早已出現了。

突然有人拉扯我的袖子，我看向栞子小姐。

『怎麼了？』

她沉默又一臉認真地遞給我一張便條紙。我忍著笑意，自從前陣子她開始用便條紙指示我工作之後，她偶爾會用這種方式與我筆談。我覺得以現在這種情況來說，這樣做沒有意義，不過她似乎已經養成習慣了。

既然如此，我也奉陪。我從擺在腳下的斜肩背包裡拿出工作用的便條紙和原子筆開始寫字，心情有些輕鬆。

『我在想，希望這次的事情能夠盡早結束。』

我把自己寫的內容給她看。栞子小姐點頭後，又在自己的便條紙上寫下回答。

『是啊。一方面店裡還有工作要做，而且今天是難得的公休日，』

寫到這裡她突然停筆。公休日怎麼了？我等待她繼續寫下去，結果她往前低著頭，讓我無法看到她在腿上寫的便條紙內容。過了一會兒，她在邊邊加上小字，手不曉得為什麼在發抖。

『其實我原本希望我們兩人能夠去哪裡走走。』

我感到心跳加速，眼裡只能看見在我面前的她。栞子小姐的妹妹會不會在這個時候闖進來或在偷聽的種種擔心，都從我的腦子裡消失了。我彎下身，在她穿著裙子的腿上的便條紙空白處，寫下自己的話。

『我也在想同樣的事。』

她的筆突然從手指上掉落，我不自覺轉過去看，栞子小姐的臉便湊了過來，在我還沒來得及思考時，我的唇上已經貼上她溫熱柔軟的唇。我眼裡能夠看見的只有她的臉和書，這麼說來——我的腦袋一角還在思考——我和她初次相遇是在這家舊書店前面，而我們初次接吻也是在這家店。我和舊書還真有緣啊。

「……這、這麼突然真的很抱歉……我已經忍耐一陣子……」

耳邊聽見她摻雜吐息的呢喃，我也同樣一直在忍耐。

這次換我主動做同樣的事。

2

過午之後，原本下個不停的雨也停了，東邊的天空可看見藍天。斜坡盡頭停著一台車，濕涼的風從海的方向吹來。

栞子小姐和我正在石板瓦屋頂的老屋子前面，西式建築卻連接著白色牆壁的日式傳統倉庫。原因不是很清楚，不過西式建築的部分，大概是緊鄰著原有的倉庫加蓋而成。

這裡是位在腰越的富澤家。昨天我們接到富澤博的女兒打來的電話，表示希望我們今天下午過來一趟。今天不是公休日，店裡只好暫時休息，等栞子小姐的妹妹高中放學之後，就會過來幫忙顧店了。

打開生鏽的鐵門，我讓拄著拐杖的栞子小姐先走，她以僵硬的腳步低著頭進門。自從接吻那天之後，她的態度就變得很奇怪，很顯然是不想和我的視線對上。我原本也打算就當作沒發現，但時間一久，也不禁跟著感到難為情。

栞子小姐突然停下腳步，我差點撞上她穿著開襟羊毛外套的背部。

「怎麼……」

跟隨她的視線看過去，我也呆立在原地。玄關前側的庭院能夠將腰越的海一覽無遺，從雲間灑下的一道道陽光，照得灰色的海濱閃閃發光。

「……好美。」

栞子小姐喃喃說道。海岸的右手邊是綠意覆蓋的岩壁。

「那兒就是小動岬吧。」

「……應該是。」

眼前的景色與幾十年前拍攝的照片幾乎沒有不同，令人驚訝。草皮覆蓋的庭院經常有人整理，一定是受到住在這個家裡的人們細心呵護吧。

我突然感覺到有人注視著這裡，把目光轉向建築物，面對庭院的大窗那兒有位駝背的小個子老人正盯著我們。視線的交會僅僅一瞬間，老人立刻拉上窗簾。我沒有足夠的時間清楚確認對方的長相，不過我想應該就是那張照片上的其中一人。

「我、我們走吧。」

栞子小姐走向玄關，一條裝有小木屋風格扶手的引道通往玄關。我們按下嵌在牆裡的門鈴，門幾乎立刻就打開了。門內站著一位中年婦女，身穿紅色針織休閒衫，剪短的白髮染成了明亮的褐色。

「我、我昨天打過電話來……我是文現里亞古書堂的篠川……」

「我是富澤紀子，妳好。不好意思還讓你們特地跑一趟。」

她以簡潔的口吻說著，視線停留在站在栞子小姐身後的我身上，臉上浮現驚訝的神色。這讓我想起與小谷碰面時的事情，不過她的視線並沒有那麼冷漠，似乎是覺得沒有必要對我們抱持敵意的緣故。

栞子小姐以沒有拿拐杖的那隻手指著我。

「呃……他、他是……敝店的店員五浦。」

她說得吞吞吐吐，不過還是難得好好介紹了我，雖說這也不是第一次了。只是她漲紅著一張臉，這樣一來應該沒有人會覺得我們只是普通的店長和店員吧。富澤紀子也看似不解地來回看著我們的臉。

「我是五浦，您好。」

我尷尬地低頭鞠躬。

我們走在略顯昏暗的走廊上，走廊盡頭可以看見一扇上了大鎖、感覺不搭調的堅固大門。大概是通往那間日式倉庫的門吧。地板和牆上處處泛著老舊的褐色，只有安裝在齊腰高度的扶手是全新的。

我們被領進能夠看見大海的和室客廳。這棟宅邸是西式建築，不過裡頭也有榻榻米房間。坐在茶几對面的只有富澤紀子一人，剛才的老人沒有出現。

「五年前家母過世後，家父就一個人獨居……我一個禮拜會過來幾次。」

她一邊說明，一邊將紅茶擺在我們面前。

「因為我也有工作要做，所以沒有太多空閒時間。今天這麼突然把你們兩位找來，真的很抱歉。」

這個人說起話來理性又穩重，口齒也清晰，大概很習慣說明事情吧。可能是擔任講師之類的工作。

「請問，富澤博先生在家吧？」

栞子小姐已經比剛才冷靜了，不過還是藏不住內心的悸動。富澤紀子的表情暗了下來。

「是的。他人在書房裡……不願意和你們談話，他說如果你們來訪，也要把你們趕出去。因為浪漫奇想會的事情對於家父來說是禁忌。」

在一旁聽到這番話的我感到很失望。好不容易都到了這裡——咦？等等，既然這樣我們為什麼在這裡？

「那麼，請問為什麼找我們來呢？」

栞子小姐問道。對了，應該有什麼原因才會把我們找來吧。

「事實上，有話要說的人不是家父，而是我。有件事情，如果兩位知道的話，希望你們能夠告訴我。」

「……請問是什麼事情呢？」

「四十七年前在這個家裡究竟發生過什麼事……不知道妳是否聽妳的爺爺篠川聖司先生提起過呢？」

想知道答案的是我們，沒想到她反而跟我們要答案。

「我沒有直接聽爺爺提過……一如我在電話上說的，我們只是在尋找田中嘉雄先生持有的那本《晚年》的下落，所以找到這裡來。若要說我們目前知道的事情，也只有富澤博先生的藏書遭竊、我爺爺把書找回來而已……」

富澤紀子低著頭嘆了一口氣，看來她相當沮喪。

「很抱歉……反而是我們想要打聽當時的情況。」

栞子小姐畏縮地低頭鞠躬，對方滿懷歉意地微笑。

「不，都怪我自己期待太多。當時被偷的書雖然找回來了，不過家父和我們都不清楚到底是誰用什麼方式偷走，因為篠川聖司先生提出的條件就是希望我們不要追問細節……

我至今還是難以相信那個社團的某個人會做出這種事。田中先生、小谷先生、杉尾先生……

在我印象中，他們都是循規蹈矩的人。」

乍看之下循規蹈矩的人也不見得不會偷東西，我就認識這種人。現在至少可以確定田中嘉雄先生沒有對朋友和這家人加以解釋。

有件事情突然引起了我的注意。

栞子小姐接受舊書相關諮詢時，多半會對委託人說明真相、敦促加害人出面道歉。因為如果不希望警方介入的話，事情必須在當事人之間解決。但為什麼篠川聖司會採取這種做法呢？只要安排道歉和和解的機會，他們的關係或許就能夠繼續下去。

一定是有什麼原因，才會無法這麼簡單就解決吧。

「田中嘉雄先生的確曾經拿著一本砂子屋書房出版的《晚年》到這裡來。我記得家父和田中先生在這個房間裡翻閱那本書討論時，我正好端茶進來……」

「那、那是什麼樣的書呢？」

栞子小姐的聲調突然提高。但是，富澤紀子搖頭。

「我沒有仔細看。當時我還是國中生，對稀有書一點興趣也沒有。他們似乎在與家父持有的《晚年》做比較。」

「……您的父親手上也有砂子屋書房出版的《晚年》嗎？」

「書庫裡有好幾本吧。」

聽到她不覺有什麼了不起的回答，我們說不出話來。她繼續說：

「在家父開始熱愛閱讀太宰作品的學生時期……也就是太平洋戰爭開始之前，那些書還只是擺在店裡賣的便宜貨。不過，田中先生當時持有的那本《晚年》似乎相當珍貴，因為就連家父也很驚訝。」

就連擁有好幾本《晚年》的太宰文學研究者都感到驚訝——究竟是什麼樣的書呢？

富澤紀子突然雙手交握，朝栞子小姐探出上半身。

「你們能否幫忙調查當時究竟發生了什麼事呢？」

「欸……」

我忍不住叫出聲。她這沒頭沒腦的，是在說什麼？

「妳在電話上也提過貴店受理解決這類問題的委託。我始終不清楚那樁騷動的真相為何……有太多難以接受的地方，我想家父心裡應該也有同樣的疑問。如果你們願意幫忙解開當時的真相，或許家父也願意和你們談談田中先生的那本《晚年》。」

我之前就隱約察覺到我們被叫來這裡是為了這件事，她想知道篠川聖司在四十七年前做了什麼樣的調查。

但是，這已經是將近五十年前的事情了，栞子小姐有辦法查出細節嗎？雖然她曾經從《漱石全集》推理出我外婆的祕密，但是這次的事情遠比那件事複雜許多，而且知道當時情況的人也幾乎都過世了——

「我明白了，我們會著手調查。」

沒想到栞子小姐居然乾脆地答應。她的語氣和表情變得很可靠，就像變了一個人，她的開關已經完全打開了。答應接下委託的確是取得資訊的唯一辦法，不過這恐怕是基於其他真正的原因：一定是爺爺解開的舊書偷竊事件及那本《晚年》之謎，勾起了她的興趣。

既然她說要進行調查，我當然只有全力配合了。

「首先，我想請教關於那本遭竊的書。只聽說是太宰的稀有書……請問是砂子屋書房出版的《晚年》嗎？」

富澤紀子瞬間露出困惑的表情。

「……我想應該是因為知道這件事的人不多。不是的，遭竊的書不是《晚年》。」

她深深吸了一口氣之後繼續說：

「是月曜莊出版的《越級申訴》限定版。」

3

栞子小姐一聽到書名立刻屏住氣息，所以我也知道那是很厲害的書，不過也僅止於此。

「……《越級申訴》是什麼故事？」

沒辦法，我只好開口問。印象中幾天前曾經聽她提過這個名稱，也記得內容是與基督教有關。她立刻把臉轉向我，興奮到臉頰都泛紅了。

「那是昭和十五年（一九四〇年）發行的太宰中期短篇傑作，屬於告白體小說（註1），主角是背叛耶穌基督的門徒猶大。

向官員檢舉的主角，一口氣吐出過去對於夫子的情感。他愛著身為人類的夫子，卻也因為自己的商人出身遭輕視而心懷憎恨，在兩相對比的情感夾攻之下，最後他終於揭發夫子的所在位置，以資報復。他收下三十塊銀元，並介紹自己是加略人猶大後，故事結束……」

我最直接的感想是覺得很有意思。遭門徒背叛的內容，讓我聯想到富澤博與三個男人的關係，似乎與小說內容有著異曲同工之妙。

「故事約是三十張稿紙的長度，太宰就像蠶寶寶吐絲一樣，毫無滯礙地口述完成。據說通篇內容幾乎沒有修正。」

「書裡另外還收錄了什麼樣的作品呢？」

我說。只有三十張稿紙，應該不足以構成一本書。

「沒有了，書裡只有《越級申訴》這一篇故事。版型是現在所謂的B5大小，是厚度約四十頁的薄和本（註2）……由盛讚這部短篇的詩人高梨一男贊助，自費出版了三百冊私家限定版。這本書與砂子屋書房出版的《晚年》同樣屬於舊書價值相當高的太宰作品。」

大致說明完畢後，栞子小姐再度轉向富澤紀子。

「裡頭有沒有夾著簽名籤呢？大小大概是這樣，上面應該會有太宰親筆提的書名……」

她以手指在半空中比劃出一個四角形，尺寸大約就像拉長的週刊雜誌。

「是的，我記得有看過。書被送回來時，家父曾在這個房間裡確認書的狀態，而我就坐在他的旁邊。」

「封面的顏色是紅色還是藍色？」

「不是……我記得是黃色。」

栞子小姐的肩膀微微顫抖著。她喝了一口紅茶試圖讓自己冷靜下來，茶杯鏘的一聲發出很大的碰撞聲。

「那本書很珍貴嗎？」

「月曜莊出版的《越級申訴》裡頭夾著太宰親筆寫的簽名籤。有沒有那張簽名籤，舊書的價格會有數倍的差異。」

「……那封面的顏色是？」

受到她的緊張影響，我也跟著壓低聲音。看來那似乎是一本不輸給田中嘉雄《晚年》的珍貴舊書。

「這本書的封面不是只有一個顏色。市售的版本是紅色，贈送用的是藍色……我也聽說過還有黃色的封面，不過沒有在舊書市場上出現過。」

我感覺背後一陣顫慄，也就是說那是一本夢幻之書了。栞子小姐一改先前的表情，繼續問面前的女士：

「您的父親是在哪裡買到那本《越級申訴》的呢？」

「我聽他說不是買來的，而是受贈的……在太平洋戰爭時。」

「戰爭時……」

想了幾秒之後，栞子小姐似乎有線索了。

「難道是太宰本人贈送的嗎？」

我懷疑自己聽到的內容。怎麼可能？——可是富澤紀子沒有否認。

「我剛才說過家父從學生時代起就是太宰的忠實書迷。因為家父曾經寫信給太宰，於是他們

註1：以故事中的主角為第一人稱敘述的小說。
註2：和本為使用和紙，並以日本傳統線裝方式製作的書籍。

開始有了書信或明信片的往來，太宰似乎經常與文學青年交流。」

我覺得很不可思議。我一直以為太宰治是很久以前的作家，沒想到現在這時代仍然存在曾經與他往來過的人。會覺得他生活在很久以前大概只是我的錯覺。

「大學確定畢業後，家父有心理準備會立刻接獲徵召去當兵，於是前往太宰家裡拜訪，與他道別，太宰就送了他一本剛印好的《越級申訴》。」

「當作餞別禮嗎？」

「家父表示太宰也許沒有太深的意思，也可想成只是隨手將手邊的新作送給前來造訪的年輕信徒……不過，能夠見到尊敬的作家本人、得到他的著作，這些回憶支撐著受到徵召的家父，他也得以從戰場上活下來。

戰後，費盡千辛萬苦總算回到國內的家父身體變得很差，他住在鳥取縣的親戚家裡療養……期待著有一天能夠回到東京與太宰重逢，可惜他沒能夠趕上。接獲太宰訃聞的那天，他下定決心要把自己這輩子奉獻在文學研究上。」

沉重的沉默蔓延開來。對於富澤博來說，《越級申訴》的重要性等同於他的生命。那本書被偷的話，我無法想像他會有多震驚。

「我們能否看看那本《越級申訴》呢？」

富澤紀子的神情陰鬱。

「有困難。自從那場偷竊事件以來，家父連家人也禁止進入書庫了。只有我父親有鑰匙，我也將近五十年不曾進去過。」

「欸……那麼，我們也無法看到書被偷的地方了嗎？」

聽到我這麼問，她露出滿臉歉意。

「是的。只能夠從外面窺視到一部分……真抱歉。」

不管是被偷的書本身或是事件發生的現場，都無法親眼看到。感覺難度愈來愈高了，但是栞子小姐似乎不受影響。

「大輔，那張照片你帶著吧？……能不能拿出來呢？」

「啊，好。」

我從斜肩背包裡拿出照片，朝富澤紀子的方向擺在茶几上。她滿是淺淺黑斑的臉上瞬間綻放喜悅，但那也僅是一瞬間，後來只剩下落寞的微笑。

「這是那年夏天拍的照片呢。我還記得很清楚……我從就讀的國中回來時，家父他們正好拿著相機走進庭院。帶相機來的人好像是小谷先生？」

「這張照片是收藏在杉尾先生的相簿裡。這個時候田中嘉雄先生已經帶著那本《晚年》來過了嗎？」

「我記得他帶那本書過來是在七月初……所以應該是在拍這張照片的一、兩個禮拜前。那段時期，他幾乎沒隔幾天就會到我們家來一趟。大熱天的，仍然窩在書庫裡好幾個小時，我當時還覺得他好辛苦，家母還從外面把門鎖上了。」

聽到她順口說出的這句話，栞子小姐和我都愣了一下。

「田中嘉雄先生被鎖在書庫裡嗎？」

富澤紀子閉上眼睛沉默了一會兒，眼尾的皺紋變深了。

「因為發生過一些事情才會那樣做……我從頭到尾解釋一下。

這個家裡以前經常有許多大學生進進出出。不是只有家父指導的學生，家父也很大方地邀請交情只是打過照面程度的年輕人來訪。這裡靠海，對吧？一到夏天，庭院裡就會滿滿都是來做海水浴的學生。

經常有人說家父的個性不拘小節，不過說難聽點就是太粗心大意了。結果進出家裡的年輕人之中出現素行惡劣的人，偷走家裡的現金最後弄到得請警方出面解決……這些事情就發生在那一年的春天。家母很生氣，告訴家父今後無論如何都不准學生到家裡來。家母的個性也有些比較激烈的地方。」

即使不是個性因素，因為這種情況導致財務被偷，任誰都會生氣。原來在《越級申訴》被偷之前，這個家裡已經發生過竊案了。

「……這裡拍到的人，該不會就是您的母親吧？」

栞子小姐指著照片角落、建築物窗子內側那個看來像是某人背影的東西。富澤紀子稍微看了一眼之後，表示應該就是。

「家父他們也叫她一起拍照，但家母卻躲在屋裡不肯出來……她不太喜歡田中先生他們那群浪漫奇想會的成員。」

「為什麼呢？」

栞子小姐問。

「家母大概是覺得田中先生等人也和那些學生一樣。而且他們每個人都對舊書很了解，只要發現家父想要的東西，多半也會帶過來。

再加上家父總會開心地買下，增加了許多購書開銷，害得家母為了家計相當辛苦。她原本也想要將那群人與學生一起拒於門外，但是唯獨這點家父堅決不退讓，畢竟他們是他信任的徒弟，而且年齡雖然有差距，他們也是自己的至交……」

她說到這裡停住，低頭看向眼前的照片。聽著這些話的我胸口也一陣緊。四十七年前，男人們各各面帶笑容，他們彼此間真的有堅強的信賴——至少在拍下這張照片之前是這樣。

「您的母親將書庫鎖上，是擔心東西被偷吧？」

聽到栞子小姐的聲音，原本低著頭的女士回過神來。

「……是的。即使家母對舊書一點也不了解，她也知道裡頭有許多稀有書。因此決定浪漫奇想會的成員獨自待在書庫裡的時候，要把門完全鎖上。」

「您的父親沒有表示任何意見嗎？」

「他當然很生氣。他說，怎麼可以把他們當成小偷看待呢？但是，田中先生他們都同意這個做法。他們了解師母的擔心，也想獨自安安穩穩地閱讀資料，所以認為把門鎖上反而輕鬆……他們真的很有禮貌。」

也就是說，他們不可能趁著沒人看到的空檔把書帶出去，再回到書庫裡，因為他們沒辦法隨意進出書庫大門。

「除了田中先生之外，小谷先生、杉尾先生也曾經獨自待在書庫裡嗎？」

「有過幾次。次數最多的是田中先生，然後是杉尾先生……小谷先生我記得幾乎沒有。」

「他們是否曾經和您的父親一起進入書庫呢？比方說，幫忙整理之類的……？」

栞子小姐接二連三地詢問，試圖徹底掌握狀況。

「更換藏書位置的工作，應該都是家父獨自進行，我想田中先生他們恐怕不清楚如何整理。家父躲在書庫裡的時候，就連家母也鮮少去打擾他。」

「保管鑰匙的人是您的母親嗎？」

「鑰匙一共有兩把，當時是家父和家母各有一把，因為家母每個月都會進去書庫打掃一次。他們兩人的鑰匙都是隨身攜帶、寸步不離。不過自從發生那樁竊案之後，兩把鑰匙才改由家父一併保管。」

「他們待在書庫時，個人的隨身物品怎麼處理呢？」

「當然不能夠帶進書庫。大家差不多都是空著手進去，只有田中先生為了記錄調查的資料，所以會帶著紙張和鉛筆進去。不過離開書庫時，家母還是會一一確認每個人有沒有攜出裡頭的物品。」

「書庫就是位在走廊盡頭的日式倉庫吧？除了那扇大門之外，還有其他出入口嗎？」

「沒有，只有那裡。另外在靠近天花板的地方有一扇窗，也就只有這樣了……那扇窗上裝有鐵窗和避免老鼠進來的金屬網。」

「……夏天應該很熱吧。」

「大家都是只穿著一件背心進書庫……因為汗水會流個不停。」

我偏著頭。書庫大門平時關閉，他們三人無法隨意進出。進入時不得攜帶個人物品；出來時有富澤博的妻子一一檢查。

「請問……既然如此，小偷是如何把書帶出來的呢？」

「這就是我想知道的。」

富澤紀子似乎跟我的想法一樣，只見她重重點頭。

「沒有人認為有辦法偷走裡頭的書，也就是說，理應不存在把書帶出書庫的方法……既然這樣，究竟是誰利用什麼方式偷書的呢？」

4

富澤紀子雙手轉動鐵輪，將兩片白色大門往左右兩側打開，門後是金屬裝飾的堅固木造內門，門把上掛著一個大大的鎖頭，不能打開的似乎是這扇門。上半部是粗木條交織而成的木格子，格子內側還覆蓋一層鐵絲網。

談話告一段落的我們，正站在走廊盡頭的日式倉庫入口，我們請她先讓我們看看書庫。說是看看，我們也只能夠從格子縫隙張望裡頭的樣子而已。

「外門沒有上鎖嗎？」

栞子小姐對幫我們開門的女士說道。

「外門從以前就沒有上鎖，只鎖內門就夠了。不過長時間無人在家時，為了謹慎起見，也會把外門鎖上。」

內門的確有相當的厚度，輕輕一推，紋風不動。栞子小姐身子靠著門推了推眼鏡——不是，她是按著鏡片窺視書庫，我也從她的頭頂上凝神注視著裡頭。

裡面沒有開燈，只能仰賴靠近天花板的小窗照進來的陽光。牆邊擺著一座座高大的書櫃，中央的空間也有幾排書櫃背靠著背排列著。總之除了這扇門以外，似乎沒有其他進出方式。我輕輕把臉湊近黑髮的髮旋。

「如何？」

「裡頭的藏書非常豐富，也有太宰之外的作家研究專書和初版書，而且都整理得井然有序呢……啊！」

「怎、怎麼了？」

「大輔！快看那邊！你看！」

她突然以食指戳向鐵絲網。到底是什麼東西？我屈膝從與她視線等高的位置看向她指的方向，我只看到了書櫃。

「後側書櫃的第二層、《太宰治論集》的旁邊……那是昭和十五年（一九四〇年）竹村書房出版的《皮膚與心》！一定是初版書！」

她在我身旁雀躍地說道。我早該料到是這種情況，果然與舊書有關啊……一定是很珍貴的書吧。我想到這也是學習的機會，所以也開始找起那本書的書背。

「在哪邊呢？《太宰治全集》的那層……」

「不是，再往上一層。你看清楚……」

她突然閉嘴。我們兩人的臉頰不曉得什麼時候已經完全貼在一起。不對，靠過來的人是她。

琹子小姐猛然抽身，彷彿什麼事也沒發生，轉向背後的女士。

「……請問大概是什麼時候發現《越級申訴》不見了？」

她說話還是跟剛才一樣流暢，只是無法掩飾自己的臉紅。

「我當時在為新學期做準備，所以應該是八月底……寫完論文的家父準備將用完的資料放回書庫時發現的。只剩下……那個是叫做『書帙』嗎？就是類似書外殼的東西，最重要的書本身卻遍尋不著……」

「小偷沒有帶走書帙嗎？」

「是的。家父每年七月初都會整理書庫，當時沒有發現異狀。而七月到八月這兩個月的期間，進入書庫的就只有田中先生他們……」

「沒有問過他們嗎？」

富澤紀子將視線往走廊前方看去。那兒沒有半個人在，不過由此可知那裡應該是她父親所在的房間。

「家父十分沮喪，甚至到提不起那個力氣……還因此病了好一段時間。」

她壓低聲音回答。

「小谷先生和杉尾先生曾經來過幾次，不過家父當時無法見客，負責照料他的家母更是氣到了極點，所以也不想與他們有什麼牽扯。」

我想起小谷提過吃了閉門羹的事，不過倒是第一次聽說富澤博曾經因此病倒，可想而知他的打擊有多大。

「沒有報警嗎……？」

「沒有，不過我想家母當時有此打算。後來篠川先生……也就是妳的爺爺就來拜訪了。他說是杉尾先生介紹他來的。」

「您的父母親當時願意見我爺爺嗎？」

我現在才想到，篠川聖司對於這家人而言，只是一個沒見過面也不認識的舊書店老闆，而且還是嫌犯的朋友，一般來說應該不會想與他談話。

「一開始家父連見都不想見，是負責接待的我拜託篠川先生幫忙找回家父的書，還有洗刷眾人的清白。」

我們再度凝視這位上了年紀的女士。四十七年前與現在，委託文現里亞古書堂進行調查的人都是她。

「您為什麼願意委託我爺爺呢？」

栞子小姐問。

「因為我覺得他值得信賴。他雖然寡言沉默，不過一談到舊書，立刻就會聊起許多事情……

而且我覺得他是個有強烈正義感的人。他經常說：『舊書在人們的手上流轉著。守護人與舊書之間的連結，是我的原則。』」

我忍不住看向自己身旁的女子。這席話與她經常掛在嘴上的話很類似——從一個人手裡流轉到另一個人手上的書，都擁有書本身自己的故事。她雖然提過自己在爺爺生前鮮少與他說話，不過還是有些東西繼承下來了。

「後來，家父漸漸能夠信任篠川先生，我想最後應該是有感謝他，因為他為我們找回了那本《越級申訴》。」

正義感那麼強烈的人，怎麼會不揭開真相就結案呢？我還是很在意。既然要守護人與舊書之間的連結，也應該要好好珍惜人與人之間因舊書而產生的連結吧。

走廊上響起吱嘎聲。我們轉向聲音的出處。穿著防寒運動上衣的小個子老人，身子靠著扶手走了過來。雖然他的外貌因為年紀增長而改變，不過他的眼睛四周依然能夠找到照片中那個人的影子。

「爸。」

富澤紀子上前去想要攙扶他，父親卻舉手阻止。

「那位是篠川栞子小姐，她是篠川聖司先生的孫女，文現里亞古書堂現在是由她經營。旁邊那位是店員五浦先生。」

即使介紹了我們，富澤博還是沒有打算抬起頭。

「我不是說了不准靠近書庫嗎？」

他嘴裡發出的聲音很沙啞，不過說話語氣很堅定。

「你們請回吧。」

他似乎只是為了說這句話，才特地從房裡出來，並沒有打算與栞子小姐談話。富澤紀子的嘴唇微微顫抖。

「別說這種話，他們是我的客人。」

「這裡是我家……我不記得自己請了客人。」

「可是，爸，你也很想知道當時究竟發生了什麼事情對吧？到底是誰因為什麼原因偷了那本書……」

老人凝視著地板上一點動也不動，那個不帶半點感情的視線與那張照片上的笑容未免相差太多。最後，他緩緩轉回剛才走過來的方向。

「那麼久以前的事情了，知道了又如何？」

他像在呻吟般喃喃說道。從我的角度看不見他臉上是什麼表情。

「事到如今，遭到背叛的事實也不會改變。」

富澤博說完這些話就離開了。我們沒有叫住他，只是目送他駝背的身影遠去。

「讓你們感到不愉快，真的很抱歉。」

富澤紀子向我們道歉。我們關上書庫外門後回到客廳，老人再度躲進書房裡。

「家母過世之後，家父變得愈來愈固執。很久以前……在這個家裡還有許多人進出的時候，他絕對不會說那種話。」

改變的契機一定就是四十七年前的那起事件了。我想起小谷那張嚴肅的臉，或許與此相關的人全都因此而改變了。

「雖然家父那樣說，但我還是希望你們能夠繼續調查，因為我想知道答案。當然也希望你們別對外透露會造成他人困擾的內容，我的目的不是為了揭露某個人的罪狀或追究責任。」

「我明白了。我也想知道我爺爺當時做了什麼。」

栞子小姐回答。這起事件與篠川聖司——過去的文現里亞古書堂有關，所以對她來說，並非事不關己。

「那麼，有幾件事情我想再次確認一下……《越級申訴》是在一九六四年的七月到八月之間遭竊。這段時間能夠進入書庫的人，只有您的父親、田中先生、小谷先生、杉尾先生……以及負責打掃書庫的您母親五位，是嗎？」

富澤紀子點頭。除了這個家的成員之外，嫌犯果然就是那三個人。栞子小姐繼續說：

「浪漫奇想會的成員們幾乎都是空手進入書庫，只有田中先生會帶著紙進去，那是什麼樣的紙呢？」

「很普通的紙。稍微大張、素色的……上面潦草地寫了許多內容，不過我看不懂。」

「不准使用筆記本嗎？」

「有家母把關，所以准許帶進去的東西很少。不過，只帶一張紙，也很難站著寫筆記，所以後來他帶著便條夾……就是現在所說的夾紙板進去。他後來一直都有使用那個東西。」

那個東西我也知道，一如名稱所示，就是用來固定文件的板子，我們店裡也有使用。不管怎樣，那個東西應該也沒辦法用來把書帶出去。

「您認為有可能藏在衣服裡嗎？」

「那本書的開本大又薄，只要摺起來的話，也許有可能藏在身上，但是……書找回來時，書上沒有摺痕也沒有弄髒，還是跟原本一樣漂亮。我甚至覺得似乎比之前更乾淨了。」

稀有書不可能用摺的。而且七、八月正好是盛夏，富澤紀子女士也說過他們三人汗流個不停，所以不可能把書藏在衣服裡吧。

「書變得比之前更乾淨是什麼意思？」

栞子小姐語帶不解地說道。我沒有想到她會抓住這一點追問，富澤紀子似乎也沒想到她會這麼問。

「很難解釋……只是與之前看到時相比，莫名就有這種感覺。家父反而是不斷嘆息那本書毀了，所以可能只是我的錯覺。」

「他很明白地說『毀了』嗎？」

「是的，一定是有哪個小地方破損了吧。」

我不禁對此感到好奇。為什麼兩個人明明看到的是同一本書，卻有如此天差地別的感想呢？如果現在眼前有實品的話，就可以確認了。

「書是在什麼時候送回這裡呢？」

「我想應該是發現遭竊之後的一個月後吧。九月底或十月初……日期我不記得了。篠川先生替我們把書送回來時，不只家母，連我也被允許在場。」

「您的母親知道《越級申訴》是稀有書嗎？」

「應該知道。對於必須小心翼翼處理的東西，家父都會說明原因。」

「每個人都知道貴重物品保管在書庫的哪個地方嗎？」

「因為是裝在特別訂製的木盒裡，所以馬上就能夠分辨出來。書庫裡還有其他幾本像《越級申訴》一樣珍貴的書籍，而且也收藏著作家的親筆原稿或書簡……妳認為有可能是家母拿走的，是嗎？」

我差點啊地叫出來。這麼說來，若是持有鑰匙，要把書帶出來就很容易了。她也說過母親不喜歡浪漫奇想會的成員，也許她母親是為了將那三個人趕出這個家，才會導演這齣鬧劇。

「抱歉，為了找出結論，我必須考量各種可能……」

「妳不需要道歉，我也曾經有過同樣的疑慮。老實說，以家母的個性來看，她的確有可能這麼做……萬一這真的是事實，也請不要瞞著我。」

我心想，她真勇敢。即使會破壞自家人的名節，也不惜想要知道真相。我想起小谷說「不管真相多麼醜陋、多麼教人難以接受，都無妨」時的模樣。

「我答應您……我會將知道的一切事情全部說出來。」

栞子小姐靜靜地回答完，接著繼續問：

「還有其他人可以進出這個家嗎？姑且不論能否進出書庫，什麼人都可以。」

富澤紀子凝視著半空中回想遙遠的記憶。

「當時已經是禁止學生來訪之後了，所以應該沒有什麼人進出這個家。家父也在寫論文，需要安靜的環境……頂多只有與我同班的好友偶爾會來玩。拍攝這張照片時，替我們按下快門的就是那個人。」

我再一次看向照片。這麼說來，我完全沒想到在場的還有一位拍攝者，一直以為照片是設定為定時自拍。

「等我一下，我們這天應該還拍了其他照片。」

她站起來打開拉門，進入隔壁房間。隱約聽見物品碰撞聲之後，她拿著一張照片回來，擺在我們帶來的照片旁邊。

「你們看看。」

地點是這個房子的庭院，穿著水手服的兩位國中生笑著抱在一起。與富澤紀子一起入鏡的人是頭髮齊肩的眼鏡少女，她的個子比朋友嬌小，也豐腴了一些。

「這麼說來，這個人也住在北鎌倉。她的父親是開舊書店的……」

「……鶴代阿姨。」

栞子小姐喃喃說道。看樣子她也認識。

「我和久我山鶴代女士是舊識。」

我不解偏著頭。我記得前不久曾經聽過久我山這個姓氏，是在哪裡呢？

「爺爺開文現里亞古書堂之前，曾經在這位女士的父親經營的舊書店工作過一段時間。店名是久我山書房……」

啊啊，沒錯，就是久我山書房。篠川聖司曾經去當學徒學藝的店，栞子小姐說過就位在橫濱的伊勢佐木町。

「那兒曾是縣內數一數二的舊書店。拍攝這張照片時已經歇業，變成專門靠目錄賣書的舊書店了。我爺爺提過他曾經在久我山先生的店裡工作嗎？」

「我沒聽說過。他也許並不知道我和鶴代是手帕交……不過話說回來，這還真是不可思議的巧合呢。」

舊書業界似乎不大。只在神奈川縣境內的話，彼此認識也很正常。不過我覺得這次事件的巧合未免多過了頭，我無法消除心中那種詭異的感覺。

「鶴代她個性開朗又可愛，也喜歡看書，她對書的了解恐怕比我還清楚，應該是受到她父親的影響吧。」

「久我山先生……鶴代女士的父親曾經來過這裡嗎？」

「來過好幾次。好像是從鶴代那兒聽說了家父的職業，所以經常上門來賣太宰親筆寫的原稿和書簡。家父如果要找書，也會第一個找久我山先生商量。」

也就是說，富澤博是久我山書房的貴賓。老闆清楚客人的喜好，就會配合喜好採購商品再轉售，並且用心回應找書的需求。可以理解那間店為什麼會是縣內數一數二的舊書店了。

「這麼說來，田中先生那本砂子屋書房出版的《晚年》，也曾經請久我山先生看過。」

「真的嗎？」

栞子小姐驚訝睜大雙眼反問。

「是的。家父與田中先生在這裡談話那天，久我山先生稍晚也來訪了。大概是家父無法自行判斷真偽，所以請久我山先生過來幫忙鑑定吧。」

「您沒有聽到鑑定結果吧……」

「我沒有聽到，不過家父肯定知道。」

栞子小姐垮下肩膀。富澤博大概不會告訴我們，至於其他知道結果的人——

「呃，可以問問久我山書房的老闆嗎？」

「不可能……他早在我出生之前就已經過世了。」

當然啦，他是指導栞子小姐爺爺工作的人，如果還活著的話，年紀得要非常大了吧。

「如果他還活著的話，我想他會願意告訴我們許多事情。他和鶴代一樣總是面帶微笑，對每個人都很溫柔。」

（嗯……？）

這與從栞子小姐那兒聽來的不一樣。篠川聖司不是在「十分嚴厲的老闆」底下工作了十幾年嗎？或許因為遇到的對象不同，所以印象也不同吧。

「我打算去請教鶴代阿姨，她或許知道些什麼。」

栞子小姐挺直背部，身子遠離茶几，似乎準備告辭了。我猶豫著該不該將茶几上的照片收進包包裡，因為富澤紀子依舊凝視著照片。

「真教人懷念。」

她喃喃自語完，摸了摸兩張照片。

「我與鶴代也是，這個時候原本還經常來往，可是自從我們就讀不同的學校後，就漸行漸遠了……只剩下寄寄賀年卡而已。」

我莫名感到害怕。照片中感情那麼好的死黨，即使現在住得再近，也不再見面了。明明也沒有絕交，卻自然而然就這樣過了幾十年而不再見面。

「替我向鶴代問候一聲。」

她開朗笑了笑。我第一次終於覺得她就是照片中的那個少女。

5

隔天傍晚，我和栞子小姐緩緩爬上北鎌倉的斜坡。目的地是久我山家，距離約好的時間還很充裕。我除了背著一如往常的斜肩背包外，還提著一個紙袋。這是篠川文香交待的，裡頭是罐裝藍莓果醬。似乎是上個月她負責顧店時，久我山鶴代帶了藍莓給她，於是她做了果醬，希望我們交給她當作回禮。

篠川文香與鄰居的往來方式完全像個家庭主婦，一點也不像高中女生。

「久我山鶴代女士經常到店裡來嗎？我沒印象見過她。」

「她平常多半是到主屋那邊拜訪，所以沒什麼機會介紹給大輔你認識。」

也許見過長相吧。我最近進入篠川家主屋的機會愈來愈多了。

「妳們家與久我山先生家雙方的家人，從很早以前就有來往了吧？」

我只是問一個很輕鬆的問題，沒想到卻讓栞子小姐沉默了一會兒。狹窄的斜坡上響起拐杖規律的聲音。

「……也不能這麼說。感情好的是父親和鶴代阿姨，他們就讀同一所小學，所以算是青梅竹馬……感覺就像姊弟吧。鶴代阿姨比家父大三歲。」

「咦？那麼栞子小姐的爺爺和經營久我山書房的……」

「久我山尚大先生。」

「和那位久我山尚大先生，兩個人之間沒有來往嗎？他們不是以老闆和店員的身分一起工作了十年嗎？」

「我也不是很清楚……就我從父親那兒聽到的資訊，他們雖然經常在舊書商會那兒碰面，卻似乎很少互相拜訪雙方的住家。或許是個性使然，我爺爺是個冷淡的人，而久我山先生又似乎相當嚴肅……」

「……我一直覺得奇怪，富澤女士昨天說他：『總是面帶微笑，對每個人都很溫柔。』和妳說的完全不一樣啊。」

「我聽說他對顧客十分親切，不過對於工作人員及同行的態度卻是完全相反。他擁有身為舊書業者應有的廣泛知識與多年經驗，因此眾人敬佩他的同時也畏懼他……」

「他也曾經在某家店裡當學徒吧？」

「聽說他一開始是在神保町的舊書店工作。當時正值昭和金融恐慌最高峰的時期，薪水低廉之外，工作環境也十分差勁……因此他大約有五年的時間都在負責收購稀有書以外的舊書，這件事我曾經聽他家人提過。戰爭結束後，他在伊勢佐木町開了自己的店，同時也在北鎌倉興建自己的住宅。」

真的可稱為是白手起家、經歷過千錘百鍊的舊書業者呢。即使對於同行及工作人員嚴苛也是無可厚非。

「現在住在久我山先生房子裡的只有……鶴代女士嗎？」

「她和女兒、母親三個人同住。女兒已經是大學生了，鶴代女士很久以前就離了婚、帶著女兒回到娘家來。」

我終於懂了，怪不得提到她的時候會用娘家的姓氏。

「咦？她的母親是指久我山尚大先生的妻子嗎？」

「是的。年紀已經相當大了，最近幾年多半是躺在床上。我也已經有一年沒見到她了，以前來看她的次數比較頻繁……」

栞子小姐說到後來變得含糊。我等了一會兒，她也沒有繼續說下去。這麼說來，她從離開書店起，臉上就沒有朝氣。

「發生過什麼事嗎？」

她突然停下腳步。眼前是陡峻的水泥石階，每一階都特別高，並延伸到很遠的上方。這座石階似乎很早以前就存在，邊角都磨圓了。對於行動不便的人來說，相當辛苦——

我感覺背後一陣顫慄。她之所以猶豫並不是因為石階太陡峻，而是因為她過去曾經發生不好的事。

栞子小姐就是在這座石階上遭到田中敏雄推落。

「要去久我山先生家必須經過這裡……打從那天之後，我怎麼樣也無法走上去。」

我回想著去年在病房裡聽過的事情。一年前的某天，栞子小姐想要送還已故父親向友人借來的書。

「把書借給妳父親的朋友，就是久我山鶴代女士嗎？」

她點了點頭，眼鏡後頭的視線依然停留在石階上方。石階盡頭是一座雜樹林，比我們現在所在的地方更昏暗，田中敏雄當時一定是躲在那裡吧。

「今天還是算了吧？」

我盡可能若無其事地這樣提議。我們當然是有事要去久我山家，但也並非不去就會死，沒有必要勉強自己。

「不，我要去。」

她的回答很清楚，卻遲遲無法邁步前進。我默默伸手環上她的腰，另一隻手輕輕抓住她沒有拿拐杖的手。就算她稍微失去平衡也有我幫忙支撐，所以即使有個萬一，也不至於再度發生同樣的意外。

她抬眼瞥了我的臉一眼後，深吸一口氣。

然後，抬腳踏上第一階。

久我山家就位在爬上石階後沒有幾步遠的地方。那是一棟兩層樓的白色西式建築，雙開的縱長形窗戶令人印象深刻。屋子外觀看來年代久遠，但外牆沒有油漆剝落或龜裂的痕跡，似乎有人用心維護。

穿過外門來到家門前時，有人從繡球花茂密生長的院子裡現身。那是一位穿著迷你裙與黃色連帽上衣的年輕女性，她的長直髮讓人想到栞子小姐。

「晚安，栞子姊，時間剛剛好。」

她的手插在口袋裡對著我們微笑。說話口齒清晰；以頭型比例來講，她的眼睛和嘴巴偏大；在昏暗的夕陽底下也能夠看見雪白牙齒閃耀著光芒；輪廓很有個性，也是個美女；年紀似乎比我小一點。這大概就是那位正在念大學的女兒吧。

「我正好帶狗散步回來，聽說妳有事找我媽？」

「……是的。鶴代阿姨呢？」

「我想應該在屋裡等妳……啊！」

她以好奇的眼神仰望我的臉。我被她看久了，開始有些不知所措，於是輕咳了一下之後，開口自我介紹。

「我是在文現里亞工作的五浦，妳好。」

「你好。我是久我山寬子。呃，五浦先生正在和栞子姊交往吧？」

她突然就直接這麼問。這裡的人也聽說了嗎？身旁的栞子小姐僵住。說真的，這件事情到底傳了多遠？

「妳從哪裡聽說的？」

「前陣子在文現里亞……文香說的。」

果然如此。在聽到答案之前我就知道了，不過我還是希望篠川文香別再這樣整我們。她湊近看向我拿著的紙袋。

「那是文香做的果醬嗎？」

「是的。」

「果然。我一直很期待呢。前陣子我和媽媽帶著藍莓一起去店裡時，她就說過會做成果醬分給我們。」

「……請收下。」

我只好把紙袋交給她。其實應該交由栞子小姐拿給對方才對，但是她似乎仍處於無法好好開口的狀態。

「謝謝。進來吧。」

久我山寬子替我們把門大大打開。眼前的玄關大廳是採挑高的設計，大概很久沒換燈泡了，顯得有點暗。

「妳要和外婆打招呼嗎？不過她可能在睡覺。」

她問正在脫鞋的栞子小姐。

「……嗯，好的。」

「那麼，妳去打招呼的時候我去叫我媽。她大概在二樓。」

她以別具深意的眼神看向站在玄關的我，拍了拍栞子小姐的肩膀。

「妳的男朋友真不錯，好羨慕栞子姊啊。」

說完，她就跑上樓梯。我對於她說這句話是什麼意思，煩惱不已。曾經有人說我長得高大或眼神凶惡，不過稱讚「真不錯」還是有生以來第一次。就連前任女友也不曾這樣說過我。

簡單來說，就是客套話吧。就像是看到朋友背著新包包，即使不覺得特別可愛也要姑且稱讚一番。

「……大輔。」

突然有人扯了我的袖子一下。脫好鞋子的栞子小姐在走廊上凝視著我——應該說是一臉嚴肅地瞪著我。

「怎麼了？」

我邊脫鞋子邊問。

「沒事。」

說完，她就把臉轉向一旁去。我發現她原來在生我的氣，花了一番力氣才掩飾住害羞的笑容。比起初次見面的女生對我的稱讚，她的反應更令我開心。

6

「打擾了。」

栞子小姐打開門。她剛才說想問候的人躺在床上，所以我以為門的後面會是寢室，沒想到那兒是擺著沙發和矮茶几的客廳，而且裡頭沒有半個人在。

栞子小姐穿過客廳，站在單薄的簾子前面。仔細一看，簾子後頭似乎還有一個房間，裡面沒有開燈。

「真里婆婆，久未問候。我是栞子。」

栞子小姐隔著簾子出聲說道，卻無人回應。對方的名字似乎是久我山真里。

我從栞子小姐頭上窺視昏暗的隔壁房間，兩面牆壁前擺放著高高的書櫃，我最初注意到的是書背。雖然看不見書名，不過我知道那些都是舊書。這房間似乎原本是書房，角落擺著代替閱讀架的桌椅。

然後中央是一張照護用的大床，床上躺著一位毯子蓋到喉嚨處的老婦人，看樣子似乎正在熟睡。編成麻花辮的白髮光澤動人，十分漂亮。

她以前應該待在其他寢室吧。為了方便照料，才把床移到書房來。其他家人似乎也多半待在這裡，地上還擺著抱枕和矮茶几，還有電視和筆記型電腦等。

「在這裡的舊書全都是婆婆自己收集來的，她真的很喜歡閱讀舊書。」

栞子小姐不帶情緒地說明。從剛才的對話可以發現她和久我山家之間存在著微妙的距離感，她們看來固然親密，不過她應該會與家裡有大量舊書的人們更親近些才是。

（……嗯？）

如果藏書都是這位正在睡覺的女士所有，表示她的丈夫久我山尚大沒有留下舊書嗎？還是說其他地方還有書庫呢？

「那個……」

我正打算開口問，客廳的門就打開了，兩位女性走進來。一位是久我山寬子，另一位大概就是她的母親吧。我忍不住多看了兩眼。既然與富澤紀子是同學，照理說應該有相當的年紀了，但她及肩的頭髮依舊烏黑，圓臉上戴著眼鏡，個子比女兒嬌小。

她的外表當然也有歲月的痕跡，不過令人驚訝的是她幾乎與在富澤家看到的照片沒兩樣。我忍不住感嘆，原來世界上也有這種人。

「小栞，好久不見。」

久我山鶴代快步上前來抓住栞子小姐的手臂，然後注意到在她身旁的我。

「您好，我是五浦大輔。」

「啊啊，你就是……你好。」

她邊點頭邊和我打招呼。她也知道嗎？

「總之先坐下吧。」

我們聽話坐在雙人沙發上。我很介意站在門邊的久我山寬子，接下來要談過去的犯罪行為，我不太希望有完全不知道來龍去脈的人聽見。

「啊，我只是來拿筆電，不會打擾你們，請放心。我在明天之前得寫完報告。」

她走進隔壁房間，很快就抱著筆電出來。

「那麼，栞子姊、五浦先生，你們慢聊。」

她帶著笑容離去，真是機靈的人啊。這段時間，久我山鶴代正在用茶壺裡的熱水沖綠茶。

隔開這裡與隔壁房間的，除了一條簾子之外，就是拉門了，不過拉門是打開的狀態。栞子小姐也沒有表示意見，意思是即使家裡有客人時也是那個狀態吧。或許是考慮到萬一出狀況時，可以立即發現。

端出日本茶的久我山鶴代開始與栞子小姐閒聊，話題是住在這一帶的鄰居近況。對話中充滿我不知道的名字。

話雖如此，幾乎都是這位上了年紀的女士獨自說個不停。哪戶人家開始養起大型犬、北鎌倉開了新的咖啡廳云云，盡是些瑣事，但她似乎樂在其中，而且不會說別人的壞話。她的個性正如富澤紀子說的開朗又天真。

「哎呀，好像該聊正事了。」

當她這麼說的時候，我的茶杯裡的茶水只剩下半杯。

「小栞，妳在電話上提到，想要請教我過去在紀子家裡發生的事情吧？」

她的聲音變得有些鬱悶，似乎知道些內情。栞子小姐端正坐好後，率先開口：

「是的……我因為某些原因，正在調查當時的一些事情。阿姨是否知道四十七年前富澤女士家裡一本名為《越級申訴》的舊書遭竊的事情呢？」

「我曾經聽紀子說過，有一本很珍貴的書不見了。事情發生後，她家裡的人就開始討厭客人登門拜訪……我雖然沒有被拒於門外，不過的確感覺到氣氛不太對，所以後來也就漸漸不再去她家玩了。」

「您是否聽過那本書失蹤時的詳細情況呢？比方說，曾經從紀子女士的父親或母親那兒聽過些什麼。」

「怎麼可能？那兒的氣氛教人很難開口提這件事，幾乎是能不提就盡量不要提到。」

我想大概也是如此。一般的國中生不可能仔細追究朋友家裡發生的麻煩事，但是她一點也不好奇嗎？

「您有沒有和浪漫奇想會的那群人說過話呢？」

「有，當然！」

她愉快地回答栞子小姐的問題。

「那群人對於舊書相當有研究，也教了我許多事情。我對舊書感興趣差不多也是始於那個時候……尤其是田中先生，他不僅知識豐富，也很擅長聊天。」

我偷偷屏住呼吸。這裡也出現了與田中嘉雄有關的人。

「聽說田中先生曾經帶著一本珍貴的《晚年》到富澤先生家裡，也請阿姨的父親久我山尚大先生鑑定過……」

「我記得那本書。」

她啪地雙手一拍。終於找到知情的人了！我豎起耳朵等待她接下來要說的話。

「我也一直很想知道那本書的鑑定結果到底是如何呢……」

她也不知道。在我身旁的栞子小姐垂頭喪氣，似乎也很失望。

「……田中先生與您父親都沒提到些什麼嗎？」

「我問過，他們不肯告訴我，只說：『小孩子不用知道太多。』我當時明明已經是國中生了，真沒禮貌。」

我不懂他們這麼做的原因。我沒聽說過有哪本舊書珍貴到不宜讓小孩子知道太多，否則會造成問題。再說，那本書的內容即使未成年也應該可以閱讀才是。

「不過我還是不停地拜託田中先生告訴我答案，於是他說：『下次的浪漫奇想會將要發表的內容也包括這件事的答案。妳如果方便的話，也可以過來聽聽。』……我一直很期待，但結果卻再也沒有機會聽到。」

她的立場似乎與小谷一樣。還活著的人之中知道詳細情況的，看來還是只有富澤博了。久我山鶴代突然露齒一笑。

「這麼說來，我還留著田中先生當時寫的筆記呢。」

「咦？」

琹子小姐發出驚訝的聲音。

「筆記是指……田中先生在富澤博先生的書庫裡寫下的筆記嗎？」

「是的。田中先生忘了帶走，紀子替他保管了好一陣子。她也對田中先生的調查很感興趣，不過因為我說我想要，她就交給我了。小琹，妳要看嗎？」

「好的，如果方便的話，請讓我看看。」

「好，等我一下。我應該還沒有丟掉。」

啪嗒啪嗒的腳步聲離開房間，她似乎上了二樓。我想起富澤紀子的話——田中的筆記上面潦草地寫了許多內容，不過看不懂。她曾經拿起來想要看看。

過了一陣子，久我山鶴代還是沒回來。她似乎翻找了許多地方，從天花板上傳來物品碰撞的聲音和說話的聲音。等待時，我不自覺望向窗外。藍色繡球花在夜晚的院子裡綻放著，現在正是盛開的季節。

有腳步聲再度走近，房門被打開。

「不好意思，讓你們久等了。」

久我山鶴代將抱來的夾紙板整個交給我們。

（這是……）

幾乎難以辨識，只能夠看出部分單字，字跡真的很潦草，不，根本就是鬼畫符。《狂言之神》、《小丑之花》、《東京八景》、《十五年間》。這些應該是太宰的小說標題吧。可以辨識出最底下一個圈起來的人名是「黑虫俊平」，接下來好像是寫著「黑木舜平？」。

「黑虫俊平是太宰出道之前使用的筆名……」

琹子小姐說到這裡停住，接下來她似乎就不清楚了。

然後，她開始仔細研究夾著筆記紙的夾紙板。這東西看來年代久遠，做得很堅固。底板的厚軟木板以金屬零件固定，鐵夾看來又大又耐用。

「……真是好東西。」

她圓睜著眼睛喃喃說道。

「這是田中先生用過的物品嗎？」

「這個似乎原本是家父忘在紀子家裡的東西，就是他去賣舊書時帶去的……後來好像變成田中先生在使用。」

久我山鶴代回答。

「這原本是您父親的物品嗎？」

「是的，是很重要的東西，家父還委託我無論如何都要拿回來，所以我還去紀子家裡找。夾紙板和這些筆記紙都在紀子那兒，不過找到、拿回來已經是幾個月之後的事情了，所以家父又買了新的，並且把這個給我。只是我用不上，所以一直把板子和筆記紙擺在一起收著。」

栞子小姐好一陣子都在檢查筆記紙和夾紙板，不過最後她把那些東西都擺在桌上，看起來似乎是放棄了。

「……裡頭應該沒有夾書吧。」

她低聲喃喃道。這不是廢話嗎？浪漫奇想會的成員當中，唯一帶著工具進入書庫的人只有田中嘉雄，但他應該也沒辦法用這個東西偷一本書出來吧。

（如果是這樣的話……）

我想到的是富澤紀子的母親。她有辦法把書拿出來，也有動機。但如果她真的是犯人的話，我們恐怕就無法繼續追查下去了，因為已經沒有其他人知道書被偷的情況，而且願意告訴我們了。即使是栞子小姐出馬，也很難解開這次的謎團吧。

「關於書遭竊當時的情況，您有沒有聽其他人提過什麼？即使是很瑣碎的事情也不要緊。」

栞子小姐繼續問。這個嘛——久我山鶴代陷入沉思。

「我國中畢業後，就和紀子逐漸疏遠，也幾乎沒有再與浪漫奇想會的人碰面。」

「您父親有沒有提過什麼呢？」

「他沒有告訴過我。不過他很喜歡幫助別人，所以也許有人找他商量過。」

不只是客人，久我山尚大對家人似乎也很溫柔體貼。看樣子嚴苛的那一面八成只會出現在工作上。

「家父在我還是大學生時過世。當時協助處理久我山書房庫存的人是杉尾先生，那時候我才知道浪漫奇想會早已解散，就在紀子家裡丟書這件事發生後沒多久……」

「杉尾先生沒有告訴您詳細經過嗎？」

「沒有。似乎是很難啟齒……不過後來我曾有一次偶然遇見田中先生。」

這是新消息。栞子小姐眼鏡後頭的雙眼閃閃發亮。

「什麼時候的事情？」

「當時寬子還沒出生，所以應該是二十多年前了。就是在年紀已長的我婚後、在家裡當全職主婦的那陣子……地點是橫濱車站的地下街。妳知道那邊的東口有個長得像水桶的用水裝置藝術吧？就在那附近。」

我記得——栞子小姐點點頭。我也記得自己小時候見過那個東西，不過那個東西很久以前就撤走了。

「他主動叫住我。我一開始還沒有想起他是誰，他老了許多……我們站在那裡聊了一會兒。田中先生說自己即將賣掉鎌倉的房子、搬去東京。他看起來一臉疲態。」

我有印象之前聽田中敏雄提過這件事。他說家裡賣掉位在長谷的房子，晚年是在東京生活。

看樣子那個時候孫子應該出生了。

「我當時還有急事，所以沒時間多聊。不過臨別前，我問了他一直很想知道的事情……我說：『請老實告訴我浪漫奇想會為什麼解散了？』」

房間裡的空氣瞬間緊繃。這個問題直擊核心，一般人就算想問，也很難真的開口。這位女士看來不只是天真又開朗而已。

「那麼，田中先生怎麼說……？」

「他說因為自己從某個時候開始，就突然不想再見到小谷先生他們了。但他覺得老實告訴他們似乎會引發爭執，太麻煩了，只好以各種理由避不見面，例如：工作太忙、頭痛、今天天氣不好等等。」

久我山鶴代的語氣首次夾帶諷刺，那次的談話八成很不愉快吧。我擺在腿上的雙手也不自覺握拳。這種回答分明是把人當作傻瓜。真有人會因為這種心血來潮的理由，不再與死黨見面嗎？小谷他們一直在等待他出面解釋呢。

那個人真的是我外公嗎？

「不過因為那兩人太糾纏不休了，所以他原本想去見他們最後一面……可是在前往約定地點的路上，他還是反悔了。」

「為什麼？」

栞子小姐發問的聲音裡也充滿不悅。

「我問了，他只是笑著支吾其辭……說：『該怎麼說呢，應該是地點選得不好。』」

7

結果我們沒能夠從久我山鶴代那兒得到關鍵性的資訊。

為了謹慎起見，我們也請教了她的母親久我山真里，不過她答稱自己什麼也不知道。我們已經沒有其他能夠打聽的對象了。確定事情沒有進展之後，栞子小姐聯絡富澤紀子，向她報告目前已知的所有事情，並且約好三天後拜訪富澤家。

在這三天期間，我讀了太宰的《越級申訴》。這篇作品收錄在栞子小姐借我的新潮文庫短篇集裡。我一口氣就讀完了，而且沒有發生太嚴重的暈眩。看樣子我似乎比以前更能夠忍受印刷字體了。

一如栞子小姐所云，這篇故事講的是猶大背叛耶穌的經過。我的胸口因為幾乎沒有換行、蜿蜒曲折的表白而刺痛著。

我一滴眼淚也沒掉，我不愛那個人，我打一開始就對他沒有分毫愛意。是的，大人，我對他說的都是虛情假意，我跟隨那個人走只是為了錢。喔喔，一點也沒錯。我到今晚才看穿那個人連一點錢也不讓我賺，而我是商人，所以我馬上就背叛了他。錢。這個世界上最重要的只有錢。三十銀元，多麼美好啊。

主角是很軟弱的人。他流淚泣訴愛意之後，又笑著收錢；誓言友情的熱烈之後，又笑著說不想再見面。

我對於正在調查的事件幾乎沒有發表任何意見，因為田中嘉雄對久我山鶴代的那番話令我很不悅。姑且不論《越級申訴》遭竊與否，我認為田中嘉雄的精神不太正常。仔細想想，他畢竟是個會對有夫之婦出手的人，又受到太宰的影響，對他有所期待的人才有問題。

栞子小姐也幾乎不提這件事，她開口的次數似乎比平常更少了。或許正在煩惱這樁調查到一半就走進死胡同的案子該如何報告吧。

為了在約定的時間抵達富澤家，我們必須在營業時間之內離開店裡，因此只好拜託篠川文香幫忙打烊工作。這已經是這個月以來第二次由她顧店，儘管我們不希望麻煩考生，不過她本人倒是欣然答應幫忙。

路上交通意外順暢，所以我們提早抵達腰越。打開富澤家外門進入庭院時，正好見到柔和的夕陽照耀著大海，風景很美，但書房的窗戶和窗簾仍舊緊閉。

在玄關迎接我們的只有富澤紀子。她的父親還是一樣不見蹤影，不過我可以感覺到書房的房門後面有人。

跟著她進入客廳後，我瞠目結舌。房間一角已經有位客人在場，上個禮拜曾經造訪文現里亞古書堂的小谷正抬頭挺胸端坐在那兒。

「是我找他來的。」

富澤紀子對我們解釋。

「我也希望小谷先生能夠聽聽……不方便嗎？」

「不，沒關係。我原本也有打算告訴小谷先生。」

「謝謝……小谷先生，請儘管當作在自己家裡就好。」

富澤紀子這麼說，但小谷的坐姿還是沒有鬆懈，看來他相當緊張。受邀來到幾十年來禁止進入的師父家裡，有這種反應也是理所當然，而且最關鍵的師父不在客廳裡。

「那麼，妳可以開始說明了嗎？」

四人圍著茶几入座後，富澤紀子立刻進入正題。栞子小姐垂低視線，緩緩開口：

「……這已經是幾十年前的事情了，所以能夠查證的內容很有限。我接下來要說的，只是最有可能的假設，還有很多不確定的部分……希望各位能夠諒解。」

小谷和富澤紀子點頭。我則是很驚訝——沒想到光憑之前聽到的那些內容，就能夠找出答案。但是我感覺栞子小姐的模樣和平常不同，明明是在解開舊書之謎，她的語氣卻很沉重。

「不過，究竟是誰、如何偷走《越級申訴》的呢……關於這一點答案，已經確定了。」

小谷等人一臉驚訝。就是因為這件事情始終沒有解開，才會在所有相關人士心上留下深深的傷痕。

「是家母嗎？」

富澤紀子心一橫，開口問道。一聽到這話，小谷的小眼睛吃驚地大睜。

「怎麼可能！師母再怎麼說也不可能做出這種事。」

他拚命搖頭，表示無法想像。我再次認清了小谷的善良，這個人因為遭富澤夫婦懷疑而禁止進入這個家裡，卻還是替把自己當作犯人的富澤太太說話。

「我的意見和小谷先生一樣，也考慮過這種可能，不過這樣一來就有不合理之處了。」

栞子小姐凝視著富澤紀子的雙眼，靜靜地說完。

「您說過《越級申訴》被偷之後，包書的書帙還留在書庫裡。如果這個人能夠自由進出書庫偷取裡頭的東西，照理說沒有必須特地把書從書帙裡拿出來。

少了書帙的話，書價就會下降，也必須更費心保管。再說，如果犯人是您的母親，除了《越級申訴》之外，她應該能夠帶出更多稀有書，因為那些書就擺在木盒裡，就算不懂舊書也能夠分辨出來。」

這樣啊——我心想。如果是為了把浪漫奇想會的人趕走的話，以更誇張的方式破壞書庫還比較自然。遭竊的書只有一本的話，很可能不會被發現。

「犯人沒有餘力帶走書帙……因此比較妥當的想法是，這個人雖然能夠進出書庫，卻無法自由帶走藏書，也就是田中先生、小谷先生、杉尾先生之中的某一位。」

即使聽到自己被點名，小谷也沒有半點反駁。他似乎打算姑且把話聽到最後。

「但是，小谷先生與杉尾先生沒辦法把書帶走。紀子女士也說過，他們是空著手進入書庫。而且當時正值酷暑，也不可能把大尺寸的書藏在衣服底下，更不用說紀子女士的母親還會審慎檢查。」

我動了動喉嚨。如果是這樣的話，嫌犯就只剩下一位了。開口的人是小谷。

「……妳是說偷書的是田中嗎？」

「很遺憾，我認為就是他。」

老實說我不希望結果是這樣——不對，他也不可能把書帶出去吧？

「田中也沒辦法把書帶走吧？他和我們一樣沒有地方藏書啊。」

小谷的反駁正是我的想法。沒想到栞子小姐也點頭同意。

「是的，他也沒有辦法藏書，不過他卻有辦法把書帶出來。」

說完，她從擺在身旁的托特包裡拿出一個絹布包。那包東西一開始我原本想擺進我的斜肩背包裡，她卻堅持要自己帶著，似乎不希望讓我碰。

她把絹布包擺在茶几上打開。裡頭是前幾天久我山鶴代給我們看過的舊夾紙板，上頭還夾著字跡幾乎看不懂的筆記紙。她在我不知情的時候借來的。

「這是……田中先生寫筆記的工具。」

富澤紀子說。

「是的。這是田中先生進出書庫時使用的物品。」

栞子小姐突然把夾紙板整個翻過來。底板的軟木板四個角落有金屬固定，她用指甲勾開每個縫隙，拆下那些金屬。我漸漸看懂了，重點不是筆記紙，而是夾紙板。

她簡簡單單地拆下軟木底板，夾紙板的板子分成了兩片。

「只要藏在這兩片板子中間，田中先生就能夠把《越級申訴》帶出來了。」

「咦？」

忍不住驚呼的人是我。那兩片板子中間怎麼可能藏得進一本書？頂多只能夾進一、兩張紙而已啊。

「怎麼可……」

「原來是這樣。」

小谷喃喃打斷我的話。

「沒想到有這種事……我都沒發現……」

他似乎知道是怎麼回事。不只是小谷，富澤紀子也鐵青著一張臉，伸手遮著嘴巴。完全處於狀況外的人似乎只有我一個。

「看了這個，我想你就會明白了。」

栞子小姐從托特包裡取出大尺寸的薄和書，似乎是為了解釋給我聽才帶來的。那個有花朵圖案的藍色封面上，貼著寫有《越級申訴》書名的書籤。

「這是日本近代文學館按照當時裝訂方式重新出版的月曜莊版《越級申訴》復刻版……我向朋友借來的。」

也就是類似砂子屋書房出版的《晚年》復刻版。栞子小姐說過這本書的封面有紅色和藍色兩種，這本應該是複製藍色封面的版本。

「啊……」

書背部分吸引住我的目光。這本書與我們平常知道的書不同，是以粗線裝訂書頁，就像時代劇裡會出現的那種江戶時代的舊書。

「原來如此……是和本啊。」

她曾經說過那是四十頁左右的薄和本，我卻沒注意到就這樣聽過去。既然是線裝書，整本書頁就很容易拆開。

「他是趁著每次進書庫時帶出一、兩頁嗎？」

「是的。帶走了簽名籤卻沒帶走書帙，我想也是這個原因……因為書帙無法夾進兩塊板子裡。他恐怕是將包括封面在內的所有書頁帶出去之後，再以新線重新裝訂。」

栞子小姐看著仍然遮著嘴巴的富澤紀子，一邊繼續說明：

「我爺爺送還《越級申訴》的時候，妳覺得那本書看起來變乾淨了，我想就是換了新線的緣故吧。但是這本書的書背角落有以小布片補強，拆下書頁的同時也必須拆掉小布片，如此一來，當然會留下拆過的痕跡。我想您的父親就是注意到這一點。畢竟即使重新裝訂，也無法完全復原成原本的樣子了。」

怪不得他會嘆息說那本書毀了。不難理解為何父女兩人對於同一本書的印象完全相反。

栞子小姐對於舊書的洞察力還是一樣驚人——可是與平常相比，今天的她沒什麼精神。與前幾天在這個家裡聊《越級申訴》時興奮的模樣不同。

「可是就我所知，田中對老師的《越級申訴》沒有多大興趣。稀有書之中，他喜歡的也是其他……更能夠感受到作家個性的簽名書之類的。」

「……對《越級申訴》感興趣的人也許不是田中先生。這件事還涉及到其他人，田中先生很可能是遵從那個人的指示行動。」

栞子小姐再度拿起分成兩片的夾紙板。

「這是我向鶴代阿姨……久我山鶴代女士借來的東西。」

「我剛剛就注意到了。」

富澤紀子以沙啞的聲音說道。

「我原本把這個藏起來，可是鶴代說想要，我又怕家父或家母發現後會把它丟掉，所以給了鶴代……難道這件事也與她有關嗎？」

久我山鶴代在那段時期的確也經常出入富澤家，而且還在事件發生後，把足以當成證據的東西帶回家，不能說沒有嫌疑。

「我想不是。如果真是這樣，她沒有必要留著可以當成犯罪證據的物品，也不可能拿給我們看。」

聽到栞子小姐的冷靜回答，富澤紀子鬆了一口氣。反倒是我心中冒出疑問——既然如此，究竟是受誰指使呢？

「鶴代阿姨把夾紙板帶回家，是因為她父親的指示。他或許是擔心田中先生留在這個家裡忘記帶走的東西會成為證據，所以要她拿回家。」

我在腦子裡整理想法。

「意思也就是說……《越級申訴》是久我山書房的老闆和田中嘉雄聯手偷走的嗎？」

「恐怕就是如此。鶴代阿姨把夾紙板帶回家後，久我山尚大先生也沒有收下，很乾脆地就把它給了女兒。因為收回夾紙板已經是事件發生幾個月之後，一切已經塵埃落定，沒有人提起訴訟，他也就沒有必要隱滅證據了。」

我突然對於「他對每個人都會親切微笑」這句評語感覺有點噁心。栞子小姐所說的話如果是真的，這個人似乎是很可怕的人物。

「久我山書房啊。」

小谷苦澀地說道。他知道那家店。

「那家店經手的書品味不錯，老闆也很親切，不過也有些不好聽的傳聞。聽說他會向立場弱的人強行收購舊書、毫不留情。但我沒想到他甚至會下手行竊……田中就是把《越級申訴》賣給了那個男人嗎？」

「我認為就是這樣。我爺爺過去也曾經在久我山先生底下工作，大概是因為如此，才能夠找回那本書……」

說到後來，她愈來愈小聲。怪了，如果是這樣，篠川聖司替委託人找回舊書，卻包庇前任雇主的犯罪行為，難道他所謂的正義感強烈、「守護人與舊書之間的連結」這個原則全都是騙人的？我不認為這種人能夠獲得其他人的眾多信賴。

「但是……我還是搞不懂。」

小谷摸著下巴呻吟道：

「田中為什麼要與久我山聯手偷書？既然他必須瞞著我和杉尾，就表示應該有很嚴重的原因才是。」

「這部分我不清楚……也許是金錢糾紛……」

「不，不可能是錢。我之前也說過那個傢伙經濟無虞吧？如果是弱點被抓到還情有可原……但他是個潔身自愛的男人，不喝酒也不玩女人，對賭博也沒興趣，提到他的嗜好頂多就是收集舊書而已。我實在想不到他有什麼無法對人說的弱點。」

「我也不清楚……我想是有什麼原因……」

栞子小姐回答得有氣無力。我確信她在隱瞞些什麼，因為即使沒有證據，她應該還是能夠提出假設。

我突然想起她剛剛沒提到的事情，也就是久我山鶴代在橫濱聽到田中嘉雄說的那些話。那些話固然過分，但刻意隱瞞不說也太奇怪了。小谷的希望應該是「就算難以面對，也要知道真相」才是吧。

我死盯著那張被黑髮包覆的側臉。她應該注意到我的視線了，眼睛卻不肯轉過來。

最近這幾天我很鬱悶，不過她的樣子也不太對勁，就是打從找久我山鶴代問話的那天起——應該說是聽到田中那些話的時候開始。

（該怎麼說呢，應該是地點選得不好。）

這句話該不會蘊含什麼重大意義吧？四十七年前，小谷等人等待田中嘉雄的「地點」是五浦食堂。他們經常在那兒聚會，那兒的人也應該都認識他們。

「啊……」

我呻吟，全身失去力氣，雙手拄著茶几邊緣。我應該要更早察覺的——栞子小姐為什麼不清楚說出自己的想法？這麼做都是為了誰？

我感覺到眾人的視線集中在我身上。我挺起胸膛，將雙手擺在腿上，然後深深吸一口氣。

「田中先生偷走《越級申訴》的理由，就由我來說明吧。」

「大輔，等等……」

「我們不是和大家約好了要說出所有知道的事嗎？」

我以強烈的語氣打斷栞子小姐的驚慌失措。

「但、但是，我們沒有證據……」

田中嘉雄是個懦弱的人。因為他懦弱，所以犯錯，也才會屈服於威脅，動手偷書。他也沒有勇氣找好友們商量，還不斷找各種理由閃避。他背叛了大多數人，只是想要保護自己唯一想要守護的人。

久我山鶴代要他老實回答，他的確說出了部分的真相。他想要坦承整件事情，卻說五浦食堂地點不好，因為那兒有一個人，他無論如何都不希望對方聽到這一切。

「我的外婆……五浦絹子和田中嘉雄先生有外遇關係。」

啊——栞子小姐發生近乎慘叫的聲音。其他兩人的臉上也浮現驚愕的表情。我不在意地繼續說下去：

「四十七年前……我不知道他們在事件發生時是否分手了，不過田中先生的弱點，應該就是與我外婆之間的關係。倘若受到久我山尚大的威脅，他也只能乖乖聽話去偷書了……如果說，篠川聖司先生並未將這事件完整處理完畢，也是基於這個原因，那麼一切也就合理了。假如報警的話，田中先生必須交待自己偷書的原因，這麼一來也會影響到我外婆……」

我的外婆五浦絹子知道這件事嗎？——我在心裡隱約想著。如果知道的話，她應該不會坐視不管，她一定會清算自己外遇的罪狀、想要幫助情人。正因為如此，田中嘉雄才會不願意告訴任何人。

「我想，田中先生和篠川聖司先生都是為了守住我外婆的祕密。」

8

從開了一條縫隙的窗外，隱約傳來浪濤聲，泛紅的夕陽照射在玻璃上。好一陣子，我們誰也沒開口。

「我不知道原來田中和絹子……」

打破沉默的是小谷。

「這麼說來也有道理，他們兩個很親密……這件事，你該不會是從絹子那兒聽來的吧？」

「……外婆過世之後，我找到田中先生送她的書，上頭寫著田中先生的字跡。」

從內容推敲出兩人關係的人是栞子小姐。她抬起頭，以眼神向我道歉。我輕輕搖頭，她只是為了保護五浦家的祕密，並沒有做什麼壞事。

「當時，絹子有了身孕。」

小谷看著我的眼神彷彿初次見到我，他似乎察覺到我身上繼承的是誰的血脈了。事到如今，我也沒有打算隱瞞。

「……就是我的母親。」

「這樣啊……原來如此。當時我還覺得奇怪，怎麼她和那個沒出息的老公又有了孩子。探聽了你的隱私，真是抱歉。」

「不……沒關係。」

仔細想想，偷書事件就發生在外婆懷了我母親的那陣子，這點或許也被拿來威脅田中嘉雄了。說來他們兩人分手，很可能與偷書案有關。

此時，隔開隔壁房間的拉門無聲地打開，駝背的老人在我們面前現身，他身穿剪裁良好的淺藍色和服。

他似乎一直待在隔壁聽我們的談話。與上次不同，那對凹陷的雙眼少了銳利的眼神，這次只剩下疲憊。

「老師……」

小谷以沙啞的聲音呼喚。

「是小谷啊。」

他想露出微笑，卻無法如願，現在臉上也是一副快要哭出來的表情。

「我們都……老了呢。」

他一步步走進客廳來。女兒連忙站起來去隔壁房間搬來有扶手的高椅子，老人小心翼翼地坐下，好一會兒只是低著頭，動也不動。

「田中他……」

他突然開始說話，不過馬上被咳嗽打斷。他的喉嚨可能很不好。

「那年夏天，他來到我們家……也多半是悶悶不樂。如果我有更仔細聽他說話就好了……我因為遭到背叛而一直拒絕你們……一直以為你們與我往來就是為了那些舊書……」

我跟隨那個人走只是為了錢。喔喔，一點也沒錯。

我的腦海中突然掠過《越級申訴》中的這句話。不願了解原因就拒絕徒弟們縱使是事實，但也沒人能夠責怪他，畢竟他獲得太宰本人親贈的、比什麼都珍貴的舊書被偷了。

「他曾經說過有煩惱……他提過必須和某位女性分手，這件事讓他很痛苦。我原本以為只是年輕人身上常有的遭遇。」

「他說過是什麼樣的女性嗎？」

聽到我的問題，富澤博想了一會兒。

「他沒有明講是哪裡的誰，只說……對他來說，那個人就像觀音一樣。」

我知道現在不是時候，但還是忍不住問了。五浦絹子長得很像大船的觀音像。田中的這句話不但說明了外貌，同時也在說明自己深刻的思念。田中嘉雄的確是很擅長說話的人。

「您與久我山書房的老闆在偷書事件之後仍有往來嗎？」

栞子小姐一提到那個名字，老人就浮現苦澀的表情，不過他的回答沒有任何猶豫。

「直到久我山過世為止，我經常請他幫忙找資料……聽了你們的說明後，我還是半信半疑。這是真心話……只是……」

他突然咳了起來，中斷談話。富澤紀子正要起身，他就揮揮手要她別擔心。

「他的確對於部分價格昂貴的……真的很貴重的古董書，表現出近乎異常的執著……他是幾乎不讀書的男人，所以我想他是鎖定在價值吧。」

「不讀書……」

我口中喃喃說著。我知道舊書店店員不一定要閱讀舊書，畢竟我自己就是無法看書的人，但是主要經手稀有書的高手中的高手竟然沒有閱讀習慣，這點令我很驚訝。他這個人真的是只在乎舊書的交易吧。

「他也曾經頻頻提及我的《越級申訴》，問我要不要賣……不過據我所知，他最想要的是田中帶來的那本砂子屋書房出版的《晚年》……在進行鑑定時，他就熱切地表示想要，甚至不願意讓田中帶走……」

我的心臟狂跳了一下。終於出現與這本書有關的事情了，我們也終於找到知道情況的人了。

栞子小姐一臉緊繃地開口：

「那是一本什麼樣的《晚年》呢？聽說書上頭雖然沒有簽名，但是卻有太宰親自註明的珍貴字跡？」

「是的。那本書裡頭有其他任何一本書上都沒有的與眾不同親筆字跡……恐怕是昭和十一年（一九三六年）夏天，太宰帶去水上溫泉的東西……上頭有『上越線水上車站』的印章。」

富澤博的表情充滿活力，看來比剛才年輕許多。只要談到自己專長的領域，他似乎就會變得興致勃勃。

「水上溫泉？」

印象中聽過這個地名。我想是以前栞子小姐告訴我太宰的經歷時提到過。

「……那是他與第一任妻子殉情自殺未遂的地點，對嗎？」

我是問身旁的栞子小姐，富澤博卻佩服地點點頭。

「厲害，你知道得真清楚……除此之外，他似乎曾經決心獨自尋死……田中拿到的那本《晚年》是太宰當時帶在身邊的書……所以上面的字跡八成也是當時所寫下。」

栞子小姐的臉上瞬間失去了血色，她似乎知道是什麼樣的《晚年》了。見她驚訝到說不出話來，我問富澤博：

「……您怎麼知道那是他打算自殺時帶在身邊的書呢？」

我想起栞子小姐那本《晚年》的親筆字跡——「秉持自信而活吧　生命萬物　無一不是戴罪

之子」。我雖然覺得這句話寫得很好，不過我不清楚太宰是在什麼狀態下才會寫出這句話。專家果然不一樣。

「有人留下證詞嗎？」

「不，不是那樣——」

富澤博果斷搖頭。

「那本《晚年》的襯頁上有太宰親筆寫下的『自殺用』三個字……所以沒有其他解釋。」

第三章

《晚年》

1

富澤博插入一把大鑰匙，拿下鎖頭。

日式倉庫的內門看似很重，我也幫著打開。這扇門大概已經好一陣子沒開了吧，裡頭的塵埃、舊紙張混雜墨水的獨特氣味蔓延到走廊上。栞子小姐第一個踏進開了燈的書庫。

「哇啊……好驚人……這麼多……」

排列在書櫃上的舊書用石蠟紙小心翼翼地包著，過期的文藝雜誌也按照數字整齊排列。她拄著拐杖以幾乎要往前摔的氣勢，搖搖晃晃消失在書櫃與書櫃之間。為數龐大的舊書奪走了她的身心。別說是藏書的主人，就連我們也被她拋諸腦後了。

「……真是抱歉。」

我向其他人低頭鞠躬，但是沒有一個人對此感到不悅。

「進入這裡的愛書人士，大致上都是那種反應……小谷以前也是這樣吧？」

「是的……」

小谷懷念地瞇起眼睛，對富澤博說：

「您的藏書又增加了不少呢。」

與昔日的「老師」碰面之後，小谷說起話來也變得有活力了。他年輕的時候一定應該就是這樣說話吧。

「……可能吧。我沒有想過……看著這裡的人，始終只有我一個。」

老人筆直面對正面的書櫃。他的女兒攙扶著他的背，我們則跟在他們身後。

「我記得是……這一冊吧。」

老人抽出書盒裡的一本書。YUMANI書房的《太宰治論集　同時代篇9》。他從書盒拿出書，邊舔手指邊翻頁。

「這是收錄太宰治相關研究論文與評論的全集……這一冊裡頭有一篇隨筆提到田中那本《晚年》……喔喔，就在這裡。」

他翻開那一頁給我們看，標題是〈太宰治的自家用書《晚年》〉，作者是淀野隆三。看看內容，他似乎與太宰交情匪淺。

……說起來，光是初版書就已經夠珍貴了，但是這本書顯然是太宰的自用書。因為太宰在襯頁左下角親筆註明了，不過這個「自家用」三個字，一開始是寫成「自殺用」。先不探究這究竟是筆誤或者刻意寫下，以墨水塗掉的那個地方，底下的確可看出寫著「殺」字。他把這個字塗掉後，在左側寫上「家」字。

「把『自殺用』變成『自家用』了。」

「是的。意思完全不一樣……也許他原本考慮自殺，後來改變心意了吧。」

這篇隨筆的寫法相當保護太宰，不過以常理上來說，不太可能弄錯「家」和「殺」兩個字吧。不對，更重要的是，考慮自殺的人在自己的物品上寫下「自殺用」，這種事情還真是前所未聞。他是個把自己的過去當作小說題材的作家，因此不難感覺到，他什麼事情都非得用詞彙寫下才甘心的執著。

田中嘉雄說「小孩子不用知道太多」而不肯告訴久我山鶴代的理由，大概也是如此吧。

「這裡也寫到了，那本《晚年》裡頭貼著太宰的名片……名片上寫著他向朋友借錢的借款一覽表，總金額是四百五十一圓……對於當時的太宰來說，這是一筆可觀的金額。」

「借款一覽表……為什麼要貼上那種東西？」

「他的債主之中包括前輩作家佐藤春夫，以及……《晚年》的出版社砂子屋書房。他對於沒錢又頻頻忘恩負義的自己感到可恥，當時太宰有藥癮……精神方面也不是很穩定吧。」

關於他的藥物上癮，我也聽栞子小姐提過，因為他的藥物開銷，造成他欠下龐大的債務。他雖然做了一些亂七八糟的事情，仍無法將向人借錢的事情拋諸腦後。我想起栞子小姐說過：「能夠體會他同樣為人的軟弱。」——我隱約能夠了解了。

「那個……真是抱歉，我自己就隨處逛了起來……」

繞完書庫一圈回來的栞子小姐誠惶誠恐地說道。看樣子她總算回過神來了。

「不……沒關係。」

富澤博生硬地微笑。

「只是我已經這個年紀了……不太能夠長、長時間說話……我想如果能夠盡早結束要緊事比較妥當。」

「好、好的。」

栞子小姐斂起表情，以雙手重新戴好眼鏡。富澤博的年紀相當高齡，四十七年前的照片上看來已經是四十五歲以上，所以現在應該超過九十歲了。

「久我山先生提過田中先生的《晚年》是真品嗎？」

「他說可以肯定……內頁雖未裁切，不過因為是自用書，所以書況不太好，也沒有書腰。聽說所有特徵都吻合。」

「內頁確定沒有裁開嗎？」

「是的……我也檢查過狀態。」

田中敏雄從「春燈」那兒收到的訊息裡面寫著部分書頁已經裁開了。書還在那個男人的爺爺手上時，內頁還沒有被裁開，大概是後來的持有者割開了。

「……有件事情我不明白。」

琹子小姐以細長的食指指著老人翻開的《太宰治論集　同時代篇9》那一頁。

「這篇淀野隆三的隨筆是少數對於『自殺用』《晚年》的詳細證詞。這裡沒有寫到有無書腰、書頁是否割開等內容，久我山先生是從哪裡獲得那麼詳細的資訊呢？」

「我也問過……因為我也懷疑過。」

富澤博靜靜闔上書，準備收進夾在腋下的書盒裡。他的手有些不穩，旁邊的富澤紀子接手把書放回書櫃上。

「聽說久我山是從同業那兒聽來的……你們也知道太宰因為缺錢，才會把這本《晚年》賣給神保町的舊書店吧。」

「是的……據說後來立刻就被太宰的朋友買下來保存。聽說那本書於戰後出現在大阪的舊書店裡。」

現在不是插嘴的時機，我只好默默聆聽，不過這些事情我當然也是第一次聽說。琹子小姐對於舊書的知識真的不是一般人能及。她對於那本自殺用《晚年》也並非一無所知，只是腦子裡一開始沒有聯想到是哪一本初版書。

「久我山過去工作的舊書店就位在神保町……據說是他剛入行時，從其他店的店員那兒聽說了這本《晚年》，知道過去太宰治曾經親自上門兜售自用書……」

「意思是指這件事曾在神保町一帶造成話題嗎？」

「按照久我山的說法，就是那個意思。」

既然是作者本人上門來賣如此珍貴的一本書，造成話題也很正常。我想這件事應該也是店員當時閒聊的話題吧。

「久我山先生鑑定為真品之後，那本《晚年》怎麼樣了呢？」

「……當然是田中帶回去了。雖然久我山想要出四十萬或五十萬的金額收購……他還是毫不猶豫地拒絕了。他說要把那本《晚年》當成自己一輩子的寶物。」

我不清楚當時的幣值但也可知道那是相當高的金額。至少在那個時間點上，不管別人出多少錢，他都不賣。

「後來，就如同你們知道的，田中幾乎每天都到這裡來查資料……他從『自殺用』這個字眼得到了靈感，開始研究太宰的殉情未遂、自殺未遂的作品……他也提過自己發現了些什麼，不過究竟哪些話是真的呢……」

「富澤老師。」

栞子小姐柔聲說：

「田中先生他……確實是犯了罪，不過我認為他是個直覺敏銳、思慮清晰的人。剛才沒有機會說明……田中先生在這個書庫裡寫下的筆記上……」

栞子小姐看向我，我連忙回神。我剛才想過也許在書庫裡會派上用場，所以從客廳裡帶著那個夾紙板過來。現在真相已經解開，由我負責拿著那個夾紙板，栞子小姐也沒有意見。

我從肩上的包包裡拿出那個夾紙板交給富澤博。旁邊的小谷也湊過來看。

「狂言之神、小丑之花……東京八景、十五年間……黑虫俊平……黑木、舜平……？」

富澤博喃喃念出勉強可辨識的單字，突然抬起頭，眼中閃爍著興奮。他的徒弟則是在一旁再度發聲呻吟。

「原來如此……他更早之前就發現了啊。不愧是真正熟悉太宰文學的人……以當時來說，這一定是劃時代的發現。」

富澤博遺憾地垂低視線說道。小谷則皺著臉，他身為愛書人的自尊似乎受到了刺激，卻仍然從各個角度看著筆記。

「小谷，晚點再繼續。」

富澤博拍拍徒弟的肩膀，抬頭看向我們，催促我們往下說。我對田中的研究感到很好奇，不過還是姑且先保持沉默，不可以浪費時間。

「田中嘉雄先生的《晚年》後來怎麼樣了呢？」

栞子小姐一問，富澤博就緊抿雙唇。我知道他在咬牙切齒。

「偷書事件之後，過了幾年，久我山到我家來時，曾經提到田中的事情。我當時沒有注意聽，不過……他似乎提到田中那陣子缺錢，自己也借了他一些……然後笑著說自己從田中手上買下了那本《晚年》。」

我說不出話來了。原來是久我山書房嗎？去年田中敏雄曾經提到：「對方低價買下了爺爺的《晚年》。」他一直以為那本《晚年》是栞子小姐持有的那一本，而賤價收購的是文現里亞古書堂，原來他想錯了。

「大約在四十年前嗎？」

「差不多是那個時候吧……就是在石油危機爆發的不久之前。」

也就是說，《晚年》從杉尾經營的虛貝堂賣給了田中嘉雄，又到了久我山書房的手上。

（這是什麼樣的感覺呢？）

偷走老師的舊書、失去兩名摯友、與五浦絹子分手、工作也不順遂，甚至必須向威脅自己的人借錢，最後連最重要的舊書都失去了——光想像就教人難以承受。

「話說回來……久我山為什麼不打一開始就要求田中交出《晚年》呢？這樣子也就不需要叫他從這個書庫裡偷走《越級申訴》了吧？」

如果是這樣，田中嘉雄失去的東西或許就不會那麼多了。

「我想應該是因為久我山先生當時的目標就是富澤老師的《越級申訴》和田中嘉雄先生的

《晚年》這兩本書。」

栞子小姐淡然回答。我感覺背後一陣寒意。

「他沒有可以用來威脅富澤老師的東西，所以利用能夠進出這間書庫的田中先生幫忙偷書……我認為先鎖定《越級申訴》的話，就可以孤立田中先生，奪走他的商量對象了。結果，久我山先生雖然沒有得到《越級申訴》，但是田中先生確實遭到孤立。後來他再慢慢對田中先生施壓，迫使他最後終於放棄那本《晚年》。」

我再次體認到久我山的冷酷——同時也對於栞子小姐簡簡單單就解開這道謎題的思慮清晰模樣，感到一抹不安。萬一這個人有心的話，也許會做出與久我山尚大一樣的事。儘管我知道不會有那麼一天。

「我會再向久我山家的成員們請教看看，也許他們知道那本《晚年》的下落。」

說完，栞子小姐仰望我。在這裡的事情似乎已經處理完畢了，她準備向其他三人告辭。

「……請等一下。」

富澤博打斷她。

「是、是的……什麼事？」

「妳替我解開了四十七年前的謎團……我想付妳酬勞。」

「不，不需要。」

栞子小姐乾脆回絕。

「我並沒有做什麼值得拿酬勞的事……啊，不過，您如果想要賣掉藏書的話，還請務必委託敝店。」

她彬彬有禮地低頭鞠躬。這麼說來，截至目前為止每次的解謎，她也幾乎不收報酬。將藏書賣給我們雖可算是例外，但我們也會按照藏書內容支付該支付的金額。

富澤博突然放聲大笑，我第一次看到他笑得如此無憂無慮。我們不解地面面相覷，究竟是怎麼回事？

「四十七年前，篠川聖司也說過同樣的話。」

「咦……爺爺嗎？」

栞子小姐雙眼圓睜。

「是的。他雖然沒有告訴我真相，不過……對我來說最重要的是找回珍貴的書。我一說要給他些東西以資答謝，他就說自己不收報酬並且拒絕了，似乎也是因為他對於那次的結果不甚滿意……然後他說：『不過，今後如果打算出售藏書的話，請務必交給敝店。』」

兩個人的說法就像約好似的。我再次深刻感受到栞子小姐的確繼承了篠川聖司的血脈。

「所以我當場就賣了一本舊書給他……砂子屋書房出版的《晚年》初版書……那是我擁有的《晚年》當中狀態最好、內頁未裁切的一本。」

一個想法瞬間閃過我的腦袋，栞子小姐當然也注意到了。

「『秉持自信而活吧　生命萬物　無一不是戴罪之子』。」

她背誦出這句話。喔喔——老人發出感嘆的聲音。

「對了……那本書上有太宰親筆寫下的這段話……篠川聖司似乎也很喜歡，他說：『對於吾等無法成為上帝的人類來說，這是值得深思的一句話。』當然他以適切的價格收購了，不過……不曉得他是否繼續收藏著沒有賣掉呢？」

「爺爺一直小心翼翼地保存著那本《晚年》。在爺爺過世之後，由我的父親繼承……後來也已經從父親傳到了我的手上。」

我渾身緊繃。我們對外聲稱那本書已經燒掉了，除了栞子小姐之外，知道那本書還在的人就只有我——以及把那封信擺在文現里亞古書堂的那個人。

「這樣啊……太好了，真是太好了。」

富澤博沒注意到栞子小姐委婉沒有直說現在是否仍持有那本書，他搖了幾次頭。

「希望妳今後也好好保管它。」

栞子小姐用力握住拐杖，再次默默低頭鞠躬，在他身邊的我也和她做出同樣動作。我決定和她一起保護她最珍愛的書。

為此，無論任何危險我都甘願面對。

2

離開富澤家時，天已經黑了。

從黑壓壓的雲間可隱約窺見星光。我們走過庭院，走向停在附近的廂型車。準備回家的人只有我和栞子小姐，小谷仍與富澤父女待在一起。這四十七年來發生過哪些事情，他們有一大堆想要聊的話題。

大概是一口氣聽到太多關於過去的事情，我感覺到有一股麻痺腦袋深處的疲倦感。我們從意想不到的地方得知了栞子小姐那本《晚年》的來歷，那不是田中嘉雄的藏書，但也並非與他毫無關聯。

走向車子時，我快速回顧到目前為止知道的事情。正如栞子小姐所云，我們都沒有證據，很多都是臆測，或許細節有誤。

四十七年前，久我山書房的老闆久我山尚大盯上了兩本太宰作品的稀有書——田中嘉雄向虛貝堂的杉尾買來的太宰自殺用——錯了，是自家用的砂子屋書房出版的《晚年》，以及富澤博獲得太宰親贈的月曜莊出版的《越級申訴》。久我山拿田中嘉雄與五浦絹子的關係要脅他，指使他從富澤家書庫裡偷出《越級申訴》。

幫忙把書物歸原主的人是栞子小姐的爺爺篠川聖司。富澤博以《晚年》的未裁切書當作謝禮，賣給文現里亞古書堂，也就是栞子小姐現在擁有的這本《晚年》初版書。

事件過了七年後，缺錢的田中嘉雄以便宜的價格把自家用《晚年》賣給了久我山書房。那本書現在到了誰的手上，目前還不清楚。

整件事情還真是錯綜複雜啊。不過，我感受到最大的疑問是，這一切是如何與現在的我們扯上關係呢？

有人在文現里亞古書堂擺了封信，並且告訴田中敏雄關於他爺爺那本《晚年》的消息——這個人偷窺我們的情況、打算設計陷害我們。對方是單獨進行或者是好幾個人牽涉其中，這些目前也仍是毫不清楚。

「……啊！」

打開車門時，我突然想到一件重要的事情，轉頭看向富澤家。

「大輔，怎麼了？」

「忘了帶走那個夾紙板和田中嘉雄的筆記，我最好還是回去拿吧。」

「不……我打算暫時交給他們保管，才會留下沒帶走。我希望富澤老師仔細閱讀筆記的內容，我也已經取得鶴代阿姨的同意了。」

「原來是這樣啊……那個筆記的內容是什麼？」

這是我剛才沒能夠問的問題。連富澤博看了筆記都稱讚田中真的很熟悉太宰文學，想必知識不夠深的人，應該看不懂吧。就連曾是浪漫奇想會成員的小谷也沒看懂。

「……那是田中先生針對某篇太宰短篇作品所做的筆記。」

坐進副駕駛座的栞子小姐邊繫上安全帶邊這麼說。我發動引擎，把車子開下斜坡。

「那個筆記裡寫了幾個小說的篇名，對吧？」

「是的。《狂言之神》、《小丑之花》、《東京八景》、《十五年間》……全都是提到腰越殉情自殺事件的作品。」

「我記得……富澤老師說田中嘉雄在調查殉情自殺和自殺未遂的作品？」

廂型車來到了濱海公路上。今天雖說是平日，不過這一帶的交通稍嫌擁擠，才剛前進一點距離就遇上紅燈。

我們正好停在小動岬前面，林木茂盛的圓形輪廓朦朧浮現在黑暗中。

「是的。他恐怕是在研究的過程中，注意到太宰年輕時匿名寫下的作品吧。」

「匿名？有這種情況嗎？」

「有的。昭和九年（一九三四年），太宰就以黑木舜平為筆名，發表了《斷崖的錯覺》這篇短篇。」

「黑木……啊，就是那個筆記上的……」

兩個人名的其中一個。原來那是太宰另外的筆名啊。

「那篇《斷崖的錯覺》講的是什麼內容呢？」

栞子小姐瞇起眼睛，瞥了海岬一眼。遠處應該就是江之島了，不過從這裡無法清楚看見。

「……偵探小說。」

她低聲說道。我一瞬間還以為自己聽錯了。

「偵探小說是……那個懸疑推理類的小說嗎？」

「太宰本身這麼稱呼它。內容雖然沒有什麼推理要素……不過主角很像太宰，是個立志成為作家的內向青年。他煩惱著必須經歷過所有經驗，才能夠寫出完美的小說，於是他在斷崖那兒……殺死了旅途中認識的咖啡廳女店員。」

正好此時變綠燈，我再度開車往前走。彎過十字路口後，我們逐漸遠離小動岬。

「難道他是參考自己的殉情自殺事件嗎？」

我聽說太宰是偶然認識在銀座咖啡廳工作的女子，隨後兩人在小動岬服用安眠藥自殺。咖啡廳工作的女店員死在海邊的故事設定，怎麼看都與實際發生的事件有關。

「毋庸置疑。儘管故事的舞台變成了熱海、女子的死因不是安眠藥，而是被推下斷崖，不過靈感來源毫無疑問就是那起殉情自殺事件……自己引發的事件造成一名女性的死亡，他反而設定出類似自己的主角殺害女性……一想到這一點，實在感到難以理解。」

「他為什麼要寫偵探小說？」

「似乎是希望匿名寫寫娛樂小說維持收入穩定……結果他的偵探小說作品只有這一篇。」

「結局……有趣嗎？」

栞子小姐不悅地皺著臉，有好一陣子似乎在思考該怎麼說明。腰越車站平交道的警示聲響起，於是我們在「電車靠近」的標示前面再度停車。復古的綠色江之電從鋪設於路面的鐵軌上奔馳而去。

「我認為主角描寫得很好。他在旅途中假扮成自己憧憬的新進作家，忐忑不安地接受款待的那一段，以及擔心真正身分曝光而把女子推落斷崖時的心理狀態描寫，都相當有太宰的風格。至於從推理的角度來看的話……當時沒能夠獲得什麼特殊的好評。」

栞子小姐似乎不覺得有趣。如果內容大受好評的話，他應該就會繼續寫其他偵探小說。

江之電通過了，我們的車子也繼續前進。

「但是，《斷崖的錯覺》幾乎是與《小丑之花》同一時期寫出來的。兩篇有著同樣的主旨，所以一邊閱讀一邊兩相對照，別有一番樂趣……該怎麼說呢，《斷崖的錯覺》就像是《小丑之花》的黑暗版一樣。」

我想起夾紙板上的筆記。除了《小丑之花》之外，上面還列舉了幾篇內容提及殉情自殺事件的小說。

「田中嘉雄原本打算發表《斷崖的錯覺》與其他殉情自殺作品的比較等等發現吧。」

「我也是這麼想。不過在四十七年前討論《斷崖的錯覺》，可是前所未有的發現。」

「前所未有的？」

「事實上太宰寫過《斷崖的錯覺》這件事，有很長一段時間沒有人知道。因為太宰要求代他投稿給《文化公論》雜誌的朋友不可以說出去，所以這個祕密直到太宰死後始終沒有人知道。等到被認定沒問題、可以正式公開整件事，則是要到一九八一年。明明是人們徹底研究、持續閱讀其作品的作家，在此之前居然都沒有人注意到這篇作品的存在。」

我在腦海中計算著——一九八一年的話，正好是三十年前。田中嘉雄寫下那些筆記是在四十七年前——他比祕密揭曉要早了十五年以上。

「所以妳是說田中嘉雄靠自己的力量發現了沒人注意到的事情嗎？而且是在正式公開的十幾年前？」

「是的。」

栞子小姐點頭。這件事的確驚人。

「可是，他是怎麼發現的呢？」

他能夠發現這件沒有公開、也沒有人發現的祕密，應該握有相當的證據。

「我想有一部分也是因為運氣好。在富澤老師的書庫裡有為數眾多的過期舊雜誌，裡頭也有許多昭和初期的大眾文藝雜誌，內容多半是談偵探小說，還有……情色讀物。我剛才看了書庫一圈，發現書櫃上也有刊登〈斷崖的錯覺〉的《文化公論》。」

我想起栞子小姐受到書櫃吸引的模樣，她的反應並非只是因為大量的藏書而沖昏了頭，也是為了調查田中嘉雄是如何發現的。

「田中先生恐怕是在翻閱舊雜誌時偶然讀到了《斷崖的錯覺》，因為相識女子死亡等等情節與《小丑之花》的描寫有共通之處，所以我想他假設這是太宰匿名所寫。至於確定的關鍵大概在於筆名。」

「筆名是指黑木舜平嗎？」

「除此之外，那個筆記裡還提到『黑虫俊平』這名字……」

「我記得……妳說過那是太宰出道之前使用的筆名？」

「是的。『黑虫俊平』這個名字，當時在筑摩書房的全集解說中已經提過。田中先生應該是發現這兩個筆名很相似（註1），所以確定『黑木舜平』與『黑虫俊平』同樣是太宰的筆名。」

註1：兩個名字的日文發音類似。

這麼說來，判斷的依據姑且齊全了，但若沒有相當的知識，也不會直覺想到要將這些線索連結在一塊兒。

「他真的……很厲害呢。」

我坦白說出自己的感想。栞子小姐深深嘆息，同時點點頭。

「如果這項研究進一步繼續下去的話……田中先生或許也能夠走上富澤老師那樣的研究之路……如果沒有四十七年前的那起事件……」

3

花了將近三十分鐘，我們回到了北鎌倉。

營業時間當然早已結束，文現里亞古書堂卻仍舊燈火通明。

「店還在營業嗎？」

副駕駛座上的栞子小姐邊透過擋風玻璃觀察情況邊說道。

「門簾好像關著。」

打烊工作不應該會弄到這麼晚。總之，我們先把廂型車停進主屋停車場後，從外頭繞到店前。我有些不安——幫忙顧店的篠川文香該不會出事了吧？我一直以為危險不會波及我們以外的人，看來我太天真了。

店裡傳來人聲。門簾完全緊閉，不過正面的玻璃門開了一條縫隙。我和栞子小姐肩並著肩，把耳朵湊上去。

「結婚啊——」

聽到熟悉的開朗聲音後，我鬆了一口氣，她似乎正在和某個人說話。不過，提到結婚是怎麼一回事？

「我想姊姊可能正在考慮。吃飯的時候如果看到電視上播出結婚雜誌或婚禮會場的廣告，她就會立刻停住筷子，然後一語不發一～直盯著看……那個樣子有點可怕。」

她在說我們的事。明明前一陣子才要求她別到處宣傳。栞子小姐發出類似打噴嚏的怪聲，一手遮著嘴巴。

「不會吧，哎呀，我……那個、不、不是的。我不是、現在立刻、就要結婚。」

發紅的臉蛋左右搖晃。我倒是不太驚訝，也許是因為栞子小姐自己說過，如果交往的話，會以結婚為前提，所以我早已做好心理準備。當然不至於是現在立刻就要結婚，不過既然有交往的對象，當然就會這樣考慮。

「哎呀，我家的寬子也經常盯著那些廣告看呢。女孩子都是這樣啊。只要看到很棒的結婚場面，就算是我也會停住筷子不動。」

一聽到對方說「我家的寬子」就知道是誰了。久我山鶴代。她大概是在快打烊時過來，就這樣聊天聊到現在吧。

「我才不會停住呢！對了，寬子姊變得好成熟喔。前陣子她和鶴代阿姨一起過來時，我嚇了一跳呢。因為我們最近一年都沒有碰過面。」

「她今年二十歲了……去年出國短期留學，還加入那個叫風帆？風帆社，所以經常不在家。雖然她還是一樣喜歡看書。」

「真好~我也好想快點成為大學生……啊，然後啊，繼續回到姊姊和五浦哥的話題，前陣子他們——」

話題硬是被轉了回來。我們找不到進門的時機，又不能繼續聽下去，於是我同時打開玻璃門和門簾。店裡的兩個人正隔著櫃台面對面，篠川文香身上穿著制服，久我山鶴代則是防風運動上衣和牛仔褲的休閒打扮。她似乎不是順路過來走走，而是有要事特地前來。

「啊……你們回來啦。辛苦了！」

篠川文香一瞬間露出「不妙」的表情，馬上又露齒微笑，企圖掩飾。久我山鶴代也轉頭看向我們。

「回來啦。來打擾你們真是不好意思。」

「晚、晚安。」

栞子小姐僵硬地打招呼，我也低頭鞠躬。

「你們有事情要談吧。那麼我該離開了！」

篠川文香連忙打開通往主屋的門離去。

「抱歉，我去一趟後面。」

向栞子小姐她們告退後，我進入主屋。我有話想和篠川文香談，我在廚房前面攔下她。

「抱歉抱歉，因為鶴代阿姨已經知道姊姊和五浦哥的事情了，所以我想說跟她聊聊應該沒關係……」

我還沒開口，她已經先行道歉。

「啊，五浦哥警告過我之後，我已經沒有再跟客人說了喔。我沒有主動提！在你提醒我之前，我也不是每個人都會說。是真的！」

篠川文香的嘴巴雖然不牢靠，不過基本上她並不會撒謊。姑且先不管這件事，我想講的是其他事情。

「今天店裡有沒有發生什麼怪事？」

我無論如何就是想要確認這一點，因為我心裡一直隱約有股不安，那股「似乎有事要發生了」的不安始終抹不掉。

「咦？沒什麼特別的……我顧店時已經是傍晚了，幾乎沒有客人上門。鶴代阿姨是在打烊前進來的。發生什麼事了嗎？」

「這……」

我猶豫著該不該告訴她這家店發生的事情，但我認為應該由栞子小姐先和她談過。另一方面也是考慮到知道的人愈少愈安全。

「過一陣子再告訴妳。」

說完，我留下她回到店裡，我從斜肩背包裡拿出智慧型手機。在前往富澤家的路上沒空確認電子郵件，收到了三封新郵件：第一封是母親告訴我今晚臨時要出差所以不在家、第二封是在地的朋友找我下禮拜一起出去玩，最後一封是田中敏雄的來信。

這幾天，我和他的電子郵件往來格外頻繁，內容包括確認《晚年》的調查情況，另外就是一些閒聊，不過最近變成以後者為主。

以我的立場來說，我不能具體告訴他《晚年》的下落，我們最終目的是為了警告現在的持有者。話雖如此，一直談正事恐怕會引起懷疑，為了敷衍他，我只好夾雜一些閒話家常。

雖說是閒聊，不過內容都是一些舊書迷才會聊的正經內容，例如：很久沒去的神保町歷史悠久的舊書店已經關門了、網路上的舊書業者傾向等，這些內容對我來說也格外具有參考價值。他這次來信則是要詢問庫存，他想找赤瀨川原平的《東京混合計畫》。

他的熱情程度就像真實身分曝光之前——也就是還在使用笠井菊哉這個假名進出這間店之前的那陣子差不多。我告訴自己不得大意，連忙打了：「我會去找那本書。《晚年》一事有消息會再聯絡。」簡單回覆。

我一打開通往店內的門，就聽見久我山鶴代雀躍的聲音。

「……直到這個月之前我都不知道小栞有個這麼棒的男朋友呢。」

「我、我們才剛開始交往……」

我還以為她們已經進入正題了，沒想到還在繼續剛才的話題。栞子小姐淚眼汪汪地仰望我求救，看樣子她被逼問得很慘，而且反應很可愛。

「抱歉，讓兩位久等了……」

我立刻打斷兩人的談話。

「我們今天去了富澤先生家裡。」

「啊，果然是這樣。紀子好嗎？」

很好——栞子小姐點頭。久我山鶴代的表情突然變得認真又嚴肅，原本看來比實際年齡小的臉龐，也變得更符合她的年紀。

「然後呢？你們查到了什麼？四十七年前究竟發生了什麼事？」

我有些不知所措。畢竟她連那個夾紙板和筆記都借給我們了，會這樣問也是無可厚非。但是久我山尚大在背地裡做了什麼事，我想她恐怕不知情。

「……因為這些已經是以前的事了，有很多細節我們沒辦法查證。」

「那麼，小栞，告訴我妳的想法……沒關係，別顧慮我。請把一切都告訴我。」

她已經做好了面對過去的心理準備。栞子小姐環顧店內一周，整理自己的想法後，先說了一句：「我希望這些話不會傳出去。」便娓娓道來。

她所說的幾乎是我們已知的全部。四十七年前的《越級申訴》偷竊事件、田中嘉雄發現《斷崖的錯覺》的祕密，以及我們現在正接受田中嘉雄孫子的委託，找尋太宰自家用的那本《晚年》一事，當然也說了久我山書房低價收購那本書的經過。

還有，我們店裡收到威脅信，聲稱知道篠川聖司從富澤博那兒買來、由栞子小姐繼承的那本《晚年》已燒毀一事是造假——毫無保留。

我很好奇她為什麼要坦白一切，不過此刻在這裡說出一切，一定有什麼意義。唯有一件事，她猶豫著該不該說出五浦絹子與田中嘉雄的關係，所以這部分由我代她說明。

「……也就是說，家父是個會搶奪他人舊書的人啊。」

聽完所有事情之後，久我山鶴代喃喃自語。栞子小姐連忙低下頭。

「很抱歉……不過這一切都只是我的想法，不能肯定就是真相……」

「沒關係，我並不會說小栞妳搞錯了。儘管我認識的父親是很溫柔的人，不過我有時也會覺得奇怪……他要我把那個夾紙板拿回來時的表情就像陌生人一樣恐怖。我也聽過一些家父做生意會耍卑劣手段的小道消息……家母是個單純的人，所以我想她大概沒注意到。」

她疲憊地揉了揉眼鏡底下的鼻梁，緊緊閉上眼睛一會兒之後，就像是心意已決般凝視著我們說道：

「家父他在外頭有女人。」

這個突如其來的爆料，聽得我們呆若木雞。

「我不知道地點，只知道她住在距離這裡不遠的地方……他和那個人之間有孩子。我還是大學生時，他曾經帶那孩子回家過一次。那天也是我唯一一次見到家母掉眼淚。」

我連久我山尚大生前的照片都沒見過，卻對這號人物愈來愈嫌惡。愈是深入調查就愈發現他背地裡的黑暗過去，也不知道接下來還會查到什麼。

「家父威脅田中先生的這件事，請別告訴家母。她的身體已經很虛弱了……我不希望再有太多的負擔。」

當然——栞子小姐回答。我們進行調查的目的不是為了奪走別人的安穩生活。

「……您知道您父親買走田中嘉雄先生那本太宰自家用《晚年》之後，怎麼處置嗎？」

栞子小姐終於開口問出我們最想知道的問題。

「我也是從剛才就一直在想……」

久我山尚大的女兒抬起頭靜止不動，拚命地想要想出些什麼——但是，她最後就像是把頭探出水面般，呼地吐了一口氣。

「沒有半點頭緒。大概是賣給客人了，不過我不知道賣給了誰……」

「有沒有可能是您的父親還留在手邊呢？」

「我想不可能。除非是有私人原因或特殊淵源，否則家父幾乎沒有自己的藏書。小栞妳也知道我們家沒有家父的藏書，現在的狀態與他生前差不多。」

這麼說來，我聽過久我山家書房裡所有的書都是那位婆婆的。如果沒有閱讀習慣，沒有藏書也是理所當然。

久我山鶴代拿出摺疊手機，彷彿想到了什麼。

「我問問家母。我在她枕頭旁邊擺了手機，只要她還醒著，應該會接電話。」

她開始打電話。等了一會兒，對方似乎沒有接聽。她沉著一張臉，把手機闔上。

「她最近多半都在睡覺，很少有醒著的時候……原本在今年過年之前，她即使躺在床上也仍然有旺盛的好奇心，對於各種事物充滿期待。在寬子短期留學的那段時間，她還會用電腦……那個叫視訊嗎？用視訊和寬子交談……」

我的腦海裡浮現那位白髮女士的臉。她是這位女士的母親，所以年紀應該相當大了。看樣子她似乎不是只對書本感興趣。

「真里婆婆以前曾經幫忙久我山書房的店務嗎？」

「怎麼可能？她完全沒有接觸過。」

聽到栞子小姐的提問，久我山鶴代激動地搖頭否定。

「儘管家母無可救藥地熱愛舊書，不過因為她出身於有錢人家的千金小姐，所以對於做生意絲毫沒有概念，頂多只是偶爾會出現在家父洽商的場合，而且只出現在有她想看的稀有書的場合而已。」

高齡女性又是舊書迷，這點意外罕見。最近這一年，我經常和栞子小姐一起到府收購舊書，幾乎沒見過這種人。

「家父希望身為女兒的我能夠幫忙工作，不過我和家母一樣，完全沒有做生意的頭腦……我想家父大概覺得很遺憾吧，因為他十分希望有個與他血脈相連的繼承人，而寬子在這方面似乎也完全不在行。明明我們每個人都比家父更喜愛書，但是我們都無法繼承久我山書房，真的很不可思議。」

她這番話說得若無其事，為什麼我卻覺得渾身起雞皮疙瘩呢？我的耳朵裡聽到的是——久我山尚大為了打造完美的繼承人，於是選擇熱愛舊書的女性、與她結婚——當然，我想自己只是多慮了而已。

突然一陣陌生的手機鈴聲響起，久我山鶴代從口袋裡拿出手機。

「啊，是家母，她回撥了……等我一下，我問問看。」

她朝後側的書櫃走去，開始大聲說話。聽她好幾次不斷重複同樣的話，對方似乎有些耳背。

過了一會兒，她把手機收進口袋裡，回到櫃台來。

「當時的稀有書雖然都存放在我們家裡，不過她不記得有見過那本《晚年》，也沒聽家父提起過什麼。」

我們失望地垮下肩膀。既然她沒有幫忙舊書店的店務，自然也不清楚庫存內容。

「但她說虛貝堂的杉尾先生或許知道。家父過世時，也是虛貝堂負責收購並協助處理久我山書房的所有庫存。第一代老闆也曾經帶著兒子一起到我們家來。

家母說，他們幫我們銷毀了家父的估價單和客戶名單，所以當中或許有買下《晚年》的客戶資料……」

栞子小姐的表情稍微開朗了一些。我認為縱使可能性不高，不過杉尾先生還是有可能記住些什麼。不管怎麼樣，除了循著這條線索追查之外，別無他法了。

「謝謝您。」

栞子小姐對久我山鶴代深深一鞠躬。

「請代我向真里婆婆道謝……不久之後，我會再次前往拜訪。」

4

漫長的一天結束。離開文現里亞古書堂時，已經是晚上九點了。

我騎著輕型機車回家，突然想到還沒吃晚餐。我連思考要吃什麼的力氣都沒有，於是走進離我最近的家庭餐廳。

吃完不好也不壞的晚餐套餐，總算能夠休息時，智慧型手機突然響起，來電顯示的是陌生的號碼。我抓著隨身物品起身，同時按下接聽鍵。

『……五浦嗎？是我，田中。』

是田中敏雄打來的電話，我反射性地擺出迎擊的姿勢。我的確曾經告訴過他手機號碼，不過他主動打電話來，這還是第一次。

「怎麼了嗎？」

『我想問問那本書有沒有庫存。你剛剛還在店裡吧？』

原來是要問這個啊——我感到掃興。我都忘了他曾經請我確認。

「我本來想等有空就去找……你很急著要嗎？」

『算是吧。因為判決結果應該就快出來了，我想趁現在把想讀的書都弄到手，進了監獄就沒辦法自由看書了。』

他淡然的語氣反而打動了我。因為之前發生過坂口夫婦的《邏輯學入門》那件案子，我知道受刑人想帶自己的書進監獄需要許可。儘管他是自作自受，不過這樣的規定對於愛書人來說未免太嚴苛。

「我知道了，我明天就去找找。」

『謝謝……然後，我爺爺的《晚年》那件事，情況怎麼樣了？』

一瞬間我對於隱瞞他事情的發展感到愧疚，這個男人真心等待著我們的報告。雖然知道當然不能告訴他，可是——

「我們正在多方打聽，不過目前還沒找出書究竟在誰手上。等到調查結果確定之後，我會再和你聯絡。」

『……這樣啊。』

田中的聲音很黯然，但如果我替他打氣的話，從各方面來說都很奇怪。我什麼也不能說，只好任由微妙的沉默蔓延。

『對了，有件事情我很好奇，你和篠川栞子在交往嗎？』

「什麼？」

我不小心在家庭餐廳門口大叫，原本正在等待空位的一家人不解地抬頭看我。我想要掩飾尷尬，假裝重新背好斜肩背包。

「你為什麼問我這種事？」

『我多少也會對別人談戀愛的事情感到好奇啊。已經好一陣子沒聊過這種話題了……看你的反應，應該是在交往吧。』

他語帶取笑地說道。看來只要我承認就沒事了吧。

「……是沒錯。」

『我想也是……你現在人在外面？』

提問的人是他，他卻很乾脆地換了話題，也許只要聽到結論就滿足了吧。如果他繼續追問，我也很頭痛。

「剛吃完飯，正準備回家。」

『這樣……不好意思，打擾你了。那麼，改天再聊。』

他突然就結束了通話。

（這到底是什麼情況？）

我低頭看著智慧型手機沉思。老實說，我覺得剛才那些話用電子郵件溝通也就夠了。或許他只是心血來潮決定打電話來吧，但我始終無法消除那股怪異的感覺。

回到自家的我，打開拉門的鎖，將輕型機車停進水泥地玄關。以玄關來說，這個空間太大了，不過這裡原本是食堂，格局這樣也很合理。外婆過世後，這裡成了普通的倉庫。雖然餐桌椅幾乎都清理掉了，吧台和廚房設備還是留在原地積灰塵。

母親總是說要重新裝修，卻還沒能夠付諸實踐。或許因為這間食堂再破爛也是她長大的地方，沒那麼簡單就決心改建。我並不反對她的做法，我的心情也同樣複雜。

母親出差去了，所以今天家裡只有我一個。五浦家只有我和母親兩人相依為命。

我將拉門仔細鎖好後，只打開吧台上方的照明，從角落拖來一把椅子，在吧台前坐下，環視這個與過去沒兩樣的食堂空間。

大約五十年前，浪漫奇想會的成員們和我外婆都在這裡。許多人都不在了，不過他們留下的舊書至今依舊還在。即使現今已換了持有者。

我放下斜肩背包。最近基於某個原因，我總是隨身帶著這個包包行動，寸步不離。

我從包包裡取出筆記型電腦專用的內袋，擺在吧台上。不用特別裝在內袋裡也沒關係，只是這個內袋大小剛好又不醒目。打開內袋，從裡頭拿出一本舊書——太宰治的《晚年》，砂子屋書房出版，以塑膠袋包得密不透風，書裡有太宰親筆寫下：「秉持自信而活吧　生命萬物　無一不是戴罪之子」，是內頁未裁切的簽名書。這原本是栞子小姐的物品。

自從有人在文現里亞古書堂留下那封信之後，這本書就一直在我這裡。她說因為腳上有傷，無法保護這本書，所以委託我保管。一開始我們也考慮過擺在銀行的出租保險箱等其他方式，但最後決定採取這種形式。我希望把書擺在自己能看見的地方，而且一般人不認為我這樣的人會攜帶價值數百萬圓的稀有書到處走，這反而是值得利用的盲點。

我也沒有告訴栞子小姐自己隨身帶著這本書，因為知道祕密的人愈少愈好。《晚年》今天也沒有異狀。我把舊書放回兩層袋子裡，恢復原狀。

她把書交給我，所以我也準備要好好保護這本書。雖然不曉得要保護到什麼時候。

「真希望快點結束……」

我忍不住抱怨。我想要和栞子小姐過著比現在悠閒一點的生活，自從上個月底我們開始交往以來，幾乎沒有做過什麼男女朋友之間會做的事，頂多只是前陣子偷偷接吻而已。那個吻很好，但是——

（直到這個月之前我都不知道——）

久我山鶴代剛才這句話突然閃過我的腦袋。我偏著頭，一邊回想其他人說過的話，一邊豎起手指又扳下手指。

（……怪了。）

我不曉得原因，總覺得有些矛盾。栞子小姐是否注意到了呢？我拿起智慧型手機想要確認時，她正好打電話來。雖說是談正事，不過發生這種巧合還是讓我很開心。

「喂。」

『啊，大輔。』

聲音中傳來她的激動。我端正坐好，似乎有事發生了。

「發生什麼事了？」

『我剛才和虛貝堂的杉尾先生通過電話……那本《晚年》他不知情。久我山尚大先生過世後，他從那棟宅邸收購的書籍裡，沒有能夠窺見《晚年》的交易資料。當然他也說那些書裡不包括那本《晚年》……』

我感到很洩氣，還是立刻重新振作起來。她似乎還有話要說。

『那陣子，我爺爺正好有事前往虛貝堂。他看了從久我山先生那兒收購來的舊書堆，似乎覺得有些不解。』

「怎麼回事？」

這麼說來，篠川聖司住得很近，以前又是店裡的店員，久我山尚大卻沒有找他處理舊書店的後續事宜，由此可見他與久我山尚大之間微妙的關係。

『聽說爺爺當時清楚表示，即使久我山尚大沒興趣看書，也並非沒有占有慾……他應該有極少數幾本私藏的舊書才是。』

「私藏……是什麼樣的舊書呢？」

『據說是正牌的稀有書，而且是與久我山先生有某些關係的書。』

我屏息。

（除非是有私人原因或特殊淵源，否則家父幾乎沒有自己的藏書。）

我想起久我山鶴代說過的話。反言之，如果是有私人原因或特殊淵源的話，他就會把書留在身邊。

『聽說在他家裡某處有個上鎖的櫃子，裡頭的東西只會給他真正認同的人看。爺爺也不曾直接看過，不過虛貝堂的老闆在收購的舊書中沒有找到那類東西……』

如果是這樣，能夠想到的只有兩種可能，一是他生前已經處理掉了，不然就是還留在家裡沒有處理掉。

『然後我想到一件事……富澤老師談太宰自家用的《晚年》時，提到久我山先生說的那些事情，有些不合理的地方。』

「不合理？」

我完全沒有注意到自己只是在復述她的話。

『是的。太宰賣掉自己那本《晚年》是在昭和十五年（一九四〇年）之前，即使是初版書，這本書在當時也無法以舊書的價值定價。太宰缺搭電車的錢，所以用一圓賣掉自家用的書，而留下來的證詞表示，後來太宰的朋友是以兩圓買下。』

「一圓……這似乎不是很高的價格吧？」

『以現在的幣值來說，大約是兩、三千圓。順便補充一點，那本書的新書當時在市面上的定價就是兩圓。』

我說不出話來。這不是等於以半價收購嗎？根本算不上什麼稀有書嘛。

『作家本人拿來賣的珍本書居然用這麼便宜的價格交易……其他書店傳說那本舊書的狀態近似雜書，這點也有些不合理。另外還有一點——』

栞子小姐一如往常又變了一個人，滔滔不絕地說著。我覺得自己似乎能看見她在電話另一頭豎起食指。

『關於那本《晚年》的特徵，久我山先生知道得非常詳細，但是他說那是他剛入行時，從其他書店店員那兒聽來的。他說傳聞太宰以前曾經拿這本書來賣。』

「……這樣說也不對嗎？」

我問。

『不對。就我所聽到的，久我山先生開始在神保町工作是在昭和的金融恐慌時期……也就是昭和五、六年（一九三〇、三一年）。《晚年》出版於昭和十一年（一九三六年），太宰賣了自家用那本《晚年》是之後的事，所以久我山先生當時應該已經在神保町工作了。』

我之前也聽過這是昭和金融恐慌時期的事情。這麼說來的確很奇怪。雖然我這個沒正職工作的人沒有立場說這些話，不過應該沒有人會弄錯自己哪一年到職吧。

「可是他為什麼要撒這種謊呢？」

『以下只是我的推測……我想是因為他不希望讓其他人知道那本《晚年》與自己的關係。那位用一圓從太宰手上收購這本自家用書之後，再以兩圓轉賣的舊書店店員，也許就是久我山先生吧。所以他十分清楚那本書的狀態。』

「啊……原來如此。」

這樣一來就說得通了。自己過去用一圓買進、用兩圓賣出的《晚年》，輾轉流離又出現在自己的面前。他一定會後悔曾經把書便宜出售，大概也為此感到羞恥。既然他是個做事不擇手段的人，會私底下策劃要將書再次弄到手也很正常。然後把書變成自己的東西之後——他應該不希望再賣給別人。

「意思也就是，久我山尚大將那本太宰自家用《晚年》當成自己的藏書了嗎？」

『我想很有可能。還有，在久我山尚大過世後，如果太宰自家用的《晚年》也沒有出現在市面上的話……』

亦即書或許還在久我山家裡，但是那家人好像都不知道家裡有那本舊書。

真的不知情嗎？——否則就是有人藏起來了。

5

「呃……關於鶴代女士稍早說過的話。」

這次輪到我另開話題了。

『鶴代阿姨？』

栞子小姐不解地反問。我有些猶豫該不該繼續說下去。對於栞子小姐來說，鶴代女士是她父親的朋友，與她也有多年的交情。我接下來要說的話，是對於她父親友人的懷疑。

但是我又不能不提出這件事，萬一栞子小姐沒發現怎麼辦，因為也許可以從中看出久我山家的人是否有所隱瞞。

於是我下定決心說出口：

「鶴代女士剛才說了『直到這個月之前我都不知道』吧？栞子小姐有……男朋友的事情。」

『嗯……是的。』

「妳不覺得這句話有點奇怪嗎？」

栞子小姐沉默。我看不見她的臉，無從判斷她的反應，總之我必須把話說完。

「這個月初，我拜託文香別大肆宣傳我們的事，後來她也真的照做了……她這個月幫忙顧店時，都沒有告訴任何人，所以就算提到這件事，應該也是上個月鶴代女士拿藍莓到店裡去的時候。可是鶴代女士不是說『上個月』，而是清清楚楚說『這個月』。我覺得如果她是口誤的話，也太奇怪了。」

我個人覺得有點矛盾。但是，就像久我山尚大撒的謊，也許鶴代女士這樣說有什麼深遠的涵義。她也有可能隱瞞田中嘉雄賣掉的《晚年》下落。

『其實這件事情，我也覺得奇怪。』

栞子小姐沉著地說道。她果然也注意到了。

「……妳怎麼看？」

『不可能是鶴代阿姨弄錯……我剛才已經和小文確認過了。』

我緊握著智慧型手機等待她繼續說下去。如果不是弄錯，那是什麼情況？她是基於某個原因，故意那樣說的嗎？

『啊，對了，小文向你道謝。大輔你還特地確認店內有沒有異狀對吧？……謝謝你，我也很高興。』

她突然羞怯地向我道謝，完全轉移了話題。我也很高興，但更重要的是，我想知道她和篠川文香確認之後的結論是什麼。

我聽見水滴落在物體上的微弱聲響，轉頭看向背後，聲音來自食堂後側。現在這棟建築物裡應該只有我一個人才對。

我嚥了嚥口水，應該去確認一下比較妥當。

「抱歉，我五分鐘之後再打給妳。」

說完，我掛了電話，從椅子上站起，滑步移動到屋後。我適度放鬆全身力量戒備著，準備應付來自四面八方的攻擊。只要襲擊的不是一群人，我就有辦法應付。

我繞到吧台後側，進入屋後的空間把燈打開。沒有其他人。這裡以前是洗碗區兼倉庫，現在只剩下洗碗用的大型洗滌槽，以及放置清掃用品的置物櫃。

「……搞什麼。」

我鬆了一口氣。洗滌槽的水龍頭正滴著水，大概是水龍頭沒關緊，水就因為某些原因一口氣流了出來吧。我用力旋緊水龍頭，讓水完全止住。如果漏水情況太嚴重的話，只好找水電行來修理了。

感覺到瀏海微微飄動，我抬起頭。洗滌槽上方有一扇裝著霧玻璃的窗戶，隔壁建築物的牆壁就在眼前，所以白天幾乎曬不進陽光。窗戶上裝著格子鋁窗防盜，但是——

（嗯？）

玻璃窗戶外頭怎麼不見格子鋁窗？我湊近一看，發現窗鎖旁邊的玻璃缺了一小塊三角形。風就是從這裡吹進來。

我的背瞬間緊繃。有人侵入這棟建築物了，這個人拿掉格子鋁窗、弄破窗子。問題是這位入侵者現在人在哪裡？

糟了！我心想。這是把我騙過來的陷阱，我正要回頭，置物櫃裡突然衝出黑影，對方拿著類似短棒的物體向我刺過來。我做出防備姿勢的手臂上火花四濺，上半身感覺一陣劇痛。

（啊……）

就在我動彈不得之時，短棒尖端抵上我的脖子。下一秒，我沒能夠大叫就倒在水泥地上，渾身上下彷彿被無數的粗針刺過般，手腳完全無法動彈，唯有意識仍然清醒。

我看到男性運動鞋。勉強移動眼睛，抬眼仰望那傢伙的全身——他的頭髮已經比之前見到時長了一些，穿著幾乎與黑暗融為一體的深綠色連帽上衣和黑色褲子，手裡拿著電擊棒，與他那張友善笑容形成的反差，讓人有些不舒服。

「為了對付你，我可是做好萬全的準備了……你真的很健壯呢。我本來還以為你應該會暈過去。」

田中敏雄佩服地說道。

用寬膠帶綁住我的手腳後，田中抓著我的後領把我拖進食堂裡。我的腦子陷入恐慌，這個男人為什麼會突然做出這種事？委託我們辦的事情又算什麼？莫非他原本就策劃了這場襲擊？接下來他想做什麼？

他把我像物品般丟在食堂牆邊，因為肩膀和背部的疼痛，我終於回過神來。儘管這個男人沒有武術經驗，不過他的身材修長且力氣很大，再加上一隻手上還握著電擊棒，因此在無法自由活動的情況下，我無法抵抗，只得先觀察情況。我靠著牆壁坐起上半身，仰望站在一段距離之外的田中。

「……剛才講電話時──」

我張開乾澀的雙唇。不曉得是遭到電擊棒攻擊的關係或是因為害怕，話說到最後，我的聲音在顫抖。

「你已經在我家裡……只是在確定我幾時回家吧？」

「沒錯。我當時正在二樓翻箱倒櫃。」

田中乾脆地承認。我湧上後悔的念頭，打從心底覺得自己真是笨蛋，居然因為和他有一絲絲共鳴而大意了。我明明知道這種情況總有一天會發生。

「你在找什麼？」

「真是糟糕啊，你明明知道的……《晚年》啊。那個女人假裝燒掉的那本未裁切書。別裝蒜了，你只是在浪費時間而已。」

我覺得自己的心臟被緊緊握住。他果然知道了。

「你什麼時候知道的？」

「被保釋之後。有人很親切地告訴我，那個人說你們一年前騙了我，現在也仍在騙我。」

「……咦？」

我驚呼。

「保釋之後……那麼，你和在文現里亞古書堂留下信紙的人，是一夥的？」

「信？什麼信？」

他驚訝地回應。我拚命整理混亂的腦袋，都已經是這種情況了，也沒有必要裝傻，所以他是真的不知情。也就是說，留下信的人與田中敏雄沒有關係——不，也許現在已經有關係了。就是那個人把消息告訴這個男人的吧。

「那麼珍貴的書……怎麼可能在我這裡。」

「我就是算準了在你手上，也知道那個女人把《晚年》交給你保管了。」

連這種消息也洩漏給他了？我的確和栞子小姐在店裡談過這件事——不，冷靜點——我這麼告訴自己。

這個男人在我家翻箱倒櫃是因為不知道書在哪裡。我的斜肩背包就擺在吧台上，我搆不到，但是從洗滌槽那兒看不見吧台，所以我剛才拿出《晚年》時，他或許沒發現。

「你在找的是你爺爺的《晚年》吧，與栞子小姐那本未裁切書不同啊。」

「是的，大概不是同一本。不過既然我知道這兩本書都存在於世上的話……」

他瞇起細長的眼睛，眼裡帶著鋒利的光芒。我想起去年在醫院屋頂上與他對峙時的情況，這眼神就與當時一樣。

「兩本書我都要拿到手。就是這樣。」

我無言以對。這個男人果然不是一般人。此時，我擺在吧台上的智慧型手機響起，一定是栞子小姐打來的。我說過五分鐘之後會再打給她，她一定是擔心了。田中看了手機畫面一眼，確認來電者是誰。

「那個女人啊……看來我不能太悠哉了。」

要是這個狀況持續下去的話，她一定會察覺異狀，採取行動。既然這樣，我該做的就是盡量拖延時間。

「你要如何得到兩本《晚年》呢？即使拿到栞子小姐的《晚年》，你還是不知道另一本的下落吧？」

「關於另一本，我接下來就會知道細節了……更要緊的是，你們應該向我道歉吧？現在的持有人警告我，你們計劃就算找到我爺爺的《晚年》，也不打算告訴我，沒錯吧？」

我們的訊息居然都被這個男人——應該說，都被通風報信的人知道了。田中從連帽上衣口袋裡拿出全新的智慧型手機，大概是他被保釋之後買的。他將畫面拿給我看，不曉得是在哪裡拍的照片，畫素很低，背景也完全看不出來。

但我瞠目結舌——照片拍的是書的襯頁一角，細細的字跡在角落寫著「自●用」，「●」的左邊多加了一個「家」字。

可以確定是太宰自殺用——自家用《晚年》的實品沒錯。

「這是從哪裡……」

「當然是現在的持有人啊。對方想要篠川栞子那本《晚年》，只要弄到你們手上的《晚年》，我們就會見面互相交換。」

「交換？你不是兩本都想拿到手……」

不對，這個男人只是打算假裝交換而已。他打算搶奪栞子小姐的《晚年》，再以此為誘餌，趁著與對方見面時搶走另外一本。

「你又要做出去年那種事了嗎……就像把栞子小姐推下石階那樣。」

「不至於到那個地步。我自己事後也覺得過意不去呢，這次我打算做得更漂亮些。」

「偷走別人的東西哪有什麼漂不漂亮的……」

我突然想到，給這個男人消息、提出交涉的人，是不是也在想著同樣的事呢？那個人想要以自己持有的《晚年》為誘餌，奪走別人的東西——也可說是田中的同類吧？

（……是誰呢？）

我最先想到的人是久我山鶴代。可能持有太宰自家用的《晚年》，又能得知我們詳細資訊的人很有限。雖然只是小事，但是她所說的那番話的確詭異。外表看不出她是有異常占有慾的人，不過這位田中敏雄也是。

「和你聊天一不小心就會聊太久，這可不行。好了，你差不多該把藏起來的《晚年》交給我了。」

聽到田中的話，我回過神來，壓抑內心的激動，回瞪著他。

「……書的確在我這裡，但是我藏在你找不到的地方。你在我家翻箱倒櫃也沒用。」

「不，你撒謊。」

田中愉快地說。

「不曉得為什麼，我總能夠猜到你的想法。你這個人腦袋還不錯，又有責任感，而且不自覺就會依靠身強體壯的優勢……所以你會決定靠自己保護那本書，你應該會擺在隨時能夠碰到的地方，這樣子也才能夠放心。」

我冒出大量冷汗。姑且不論腦袋好或身強體壯，最可怕的是這個人已經有線索了。就算是家人也無法分析得如此透徹。

「尤其事關你的女朋友，你的這種傾向就會更強烈。這是你的缺點，最後的結果就是因為無法冷靜判斷而自掘墳墓。」

田中抓住吧台上的斜肩背包打開，毫不猶豫地拿出內袋。

（我中計了。）

我咬牙切齒。剛才他在電話中確認我與栞子小姐是否在交往，目的就是為了這個。他從那個時候就心生懷疑了。

「果然在這裡。」

田中看著內袋裡面，雙眼閃閃發光，笑容滿面地看向我。

「別沮喪了。如果我是你，或許也會想著同樣的事，認為沒人會想到我背著幾百萬圓的稀有書到處走……如果你們把書放進銀行的出租保險箱，我就真的沒轍了。」

他愉快地撕破包裝塑膠袋，翻開舊書頁面仔細確認，最後心滿意足地點點頭，把書裝進自己準備的塑膠袋裡。

「這次是如假包換的真品了……老實說，我只擔心這一點。我怕那個女人交給你的該不會也是仿製品。太好了，五浦，她真心愛你呢。恭喜啊！」

田中隱忍不住放聲大笑。被綁住的我用力緊握拳頭到快要滲血的程度，內心十分氣憤。栞子小姐信任我，才會把自己最重要的物品託付給我，現在卻因為我愚蠢的判斷錯誤而被奪走。

「不好意思，這次要讓你暈過去了，因為如果你馬上就去求救會很麻煩……我會確保你不會有生命危險。」

田中揮舞著看來沉甸甸的電擊棒。我拚命思考，手腳動不了，大聲呼救也沒用。有沒有其他辦法能夠避免《晚年》被他奪走呢？

「在你聽來或許像在撒謊，不過我真的覺得和你聊天很開心。我覺得待在這裡莫名平靜舒適……你說過這裡以前是食堂吧？還在營業時，我曾經想來光顧。」

田中活力十足地和我閒話家常，同時逐步縮短與我之間的距離。我已經被綁住了，他還是謹慎移動，沒有大意。他突然朝我伸出電擊棒的尖端。

凶狠的藍色火花在我眼前大量迸發。

6

厚厚的雲層遮住了星星，開始吹起潮濕的風。

田中敏雄站在山腰上眺望燈火通明的北鎌倉家家戶戶。他站在夾雜著竹林的茂密雜樹林小徑上，腳下陡急的石階往下延伸到遠方。石階左右兩旁有盛開的繡球花點綴，這些花是為了給人欣賞而種植，卻在空無一人的地方盛開，彷彿通往冥界之路。

這裡是一年前篠川栞子突然被推落的地方。

來到這裡之後，田中敏雄首次確認手錶，似乎是已經過了約定好的時間。他身上背的郵差包裡裝著一本七十多年前出版的書。尚不清楚名字的某個人經由其他持有者之手得到了同樣的書，並且即將在此地現身。

從細長小徑遠處傳來接近的腳步聲。接著看見人影，褪色牛仔褲上面穿著藍色防風雨衣。對方戴著兜帽，所以看不清楚長相，不過從穿著和身高推測可知是女性。

她在距離田中數步遠的石階前停下腳步。

「……田中敏雄先生。」

女方壓低聲音先開口。近距離看到對方的臉之後，田中愣了一下。

「……我們去年見過吧，就在這附近。」

聽到這句話，她沒有任何反應。

「你把書帶來了嗎？」

「當然。妳也帶來了吧？」

「是的……先讓我看看你那一本。」

田中敏雄從包包裡拿出書名是《晚年》的書，翻開襯頁給對方看。「秉持自信而活吧　生命萬物　無一不是戴罪之子」。那是篠川栞子一直很寶貝的真品初版書。

「接著輪到妳了。」

她從防風雨衣底下拿出褐色石蠟紙包住的物品。大小與田中給她看的《晚年》相仿。

「……就是這個。」

「我想檢查裡面。」

「我知道。」

說完，她將那包東西丟到田中腳下，在黑暗中發出啪沙一聲。田中反射性地往下看的同時，她踏步向前，手伸進防風雨衣底下的背後，抽出一根黑色棒子，以尖端抵住田中敏雄的大腿，黑暗中閃出陣陣藍色火花。

「啊！」

男人慘叫後跪地，卻仍緊抱著那本《晚年》不肯放開。女人彎下腰想搶，她果然打算搶奪對手的書。已經沒有時間猶豫了。

一直在一旁觀察他們情況的我，從粗大樹幹的陰影裡跳出來。

「等等！」

我衝向僵立在原地的女子，搶過她緊握在手裡的黑色棒子。我皺著臉，那個電擊棒與田中使用的一樣。

「這是市面上販售的電擊棒中最強的。」

田中喘著氣說明。我很清楚這個電擊棒有多強，剛剛才親身體驗過，現在渾身上下的關節還在痛，身體也無法行動自如。

「你怎麼不早一點出來幫忙？」

田中不滿地抱怨。我才想抱怨啊。

「還不是被你電過的緣故，我狀況不佳……反應也變慢了。」

我──五浦大輔回敬道。

「你為什麼會在這裡？你的書應該被搶走了，不是嗎？」

女子驚訝地問道。我終於能夠確認對方的長相。

果然是她啊。太宰自家用《晚年》的持有人，以及給予田中敏雄消息的女子，也是這次事件的始作俑者。

「……除了我之外，還有其他人也在這裡。」

從我剛才隱身的樹幹後頭，出現一位拄著拐杖的女子。長及背部的黑髮乘著六月的風舞動，她身穿彷彿融入黑暗中的深藍色襯衫和裙子，但她依舊美麗。

「果然是妳。」

栞子小姐說。女子拿下自己的兜帽，放棄抵抗。黑色長髮以髮夾固定著，比例不合的大眼睛始終凝視著地面。

「久我山寬子小姐。」

就是那位在久我山家裡見過的大學女生。

在大約一個小時之前——

我在五浦食堂的地板上痛得打滾。人類似乎沒那麼容易被電擊棒電暈，反而會因為劇痛而更加清醒。我顫抖坐起上半身，以和剛才同樣的姿勢從地上瞪著田中。

「……真傷腦筋啊。」

田中敏雄不滿地啐道，關掉電擊棒的電源，接著空揮了幾次那根棒子，他似乎打算用敲的把我敲昏。但是從他的動作可以感覺出他的猶豫。

剛才講到把栞子小姐推下石階時，他也說了：「事後覺得過意不去。」他雖然做盡壞事，但似乎並不希望讓別人身受重傷。若這個狀況持續下去的話，還有希望。

「……你還在保釋中吧。偷書逃走的話，不會遭到通緝嗎？」

「我只是在執行去年的計畫而已，我當時就準備好了。」

「去年？什麼意思……」

我想起來了。他在醫院屋頂追上栞子小姐時，曾經說過：「之後，只要換張臉，換個地方重頭來過就行了。」

「怎麼可能讓你輕易逃掉，你肯定會被緊追著不放。」

「警察也很忙啊，才不會像追殺人犯一樣追著我跑。」

「不，我是說我。」

我原先沒有計畫要這麼說，不過說著說著，心中的不確定感就消失了，感覺所有不安都被收進該被放置的地方。田中也不再空揮電擊棒，他湊近看向我的臉。

「你說什麼？」

「萬一警方放棄了，我也一定會把你揪出來……你一定會小心保管那本《晚年》。小心保管的舊書，即使過了幾年、幾十年，仍會繼續留在這個世界上，不管要花多少時間，我都會把書找回來還給栞子小姐。」

田中一瞬間愣住，不過他立刻恢復成平常促狹的表情。

「你打算幾十年後還是繼續和那個女人交往嗎？」

「不，我會和栞子小姐結婚。」

我果斷地說。我只是想表達自己的決心，不過這也確實是毫無虛假的真心話——可惜最先聽到的不是當事人，而是這傢伙，但這也沒辦法。

「對她來說很重要的東西，對我來說就很重要。我們兩人會繼續經營舊書店，並且把你和那本書找出來。」

這下子田中臉上的笑容消失了，他的眼神彷彿在看著某種不知名的生物。

「我會採取什麼手段逃往哪兒去，你和那個女人怎麼可能知道……警察還有機會，你們只是一般老百姓，能做什麼？」

「你也知道栞子小姐的腦袋有多厲害吧？而且還有我。」

「你能做什麼？摔角嗎？」

他或許只是想開完笑，聲音卻顯得太過認真。

「我一定也能夠猜出你的想法，就像你猜出我的想法、找到那本書一樣……我們之間就是有這種連結。」

「愚蠢透頂，你說這話究竟有什麼根據……」

「我是田中嘉雄的孫子，和你是表兄弟。」

凍結般的寂靜造訪。我還是第一次見到田中如此吃驚，他花了很長一段時間才終於能夠開口說話。

「真是的，我還以為你要說什麼……田中嘉雄的孫子只有我一人。」

「你爺爺在單身時代是這家食堂的常客，曾經和我外婆五浦絹子交往……然後生下來的就是我的母親。當時外婆已婚，所以這件事情不能公開。他們從交往開始到結束，始終都是無法告訴別人的關係，但是外婆的書櫃上還留有田中嘉雄贈送的書。如果你懷疑的話，可以上二樓去看看，現在就在我房間裡。」

那本書是新版《漱石全集》的《第八冊　從此以後》，也是成為我進入文現里亞古書堂工作的契機。

「不可能……我沒聽爺爺提過這件事。」

他不相信也是無可厚非，這種反應很正常，但我也不能因而就此放棄。如果無法在這裡說服他，田中就會帶著《晚年》離開了。有什麼能夠做的，我都必須試試。就在我拚命思考之際，突然靈光一現。

「你爺爺是否有一套直到最後都很珍惜的《漱石全集》？岩波書店的新版、唯獨少了第八冊的《從此以後》？」

對方臉上浮現驚愕。他雖然難以置信，但似乎被我說中了。

「……你怎麼會知道這件事？」

「我外婆喜歡漱石。剛才我說過受贈的書，就是《漱石全集》第八冊的《從此以後》。缺的那一本，一直都在我家裡。」

從前栞子小姐說過，那套新版全集幾乎沒有舊書的價值，少了一本更是如此。既然無法賣錢，就沒有理由丟掉充滿回憶的東西，而且就算持有那本書，也無須害怕關係被人發現。

田中敏雄突然虛脫無力。他緩緩看向食堂裡，彷彿在看著遙遠的過去。

「我還一直奇怪漱石明明不是爺爺的喜好，怎麼會……」

他低聲說道。

「所以他才會那麼珍惜啊……原來是這麼一回事……」

我自己明明也不贊成外遇這種事，卻也鬆了一口氣。原來對田中嘉雄來說，五浦絹子不是再也不願想起的人。即使他因為這段關係受到威脅，依舊珍惜他們的回憶。

「我有個提議。」

我強而有力地說道。接下來才是重點。

「……提議？」

「你幫我們抓住想要和你交易太宰自家用《晚年》的持有者……而這兩本《晚年》就當作擔保品，總有一天都會變成你的東西。」

田中顯然被挑起了興趣。但他也不是省油的燈，眼裡還是帶著防備。

「你要用什麼方法讓那兩本書都變成我的？」

「和你交易的人，八成是栞子小姐認識的人。如果對方想要賣掉藏書的話，栞子小姐立刻就會知道。我們一定會合法收購田中嘉雄原有的《晚年》再賣給你。」

「你這樣說，我一點保障也沒有……這裡這本篠川栞子的《晚年》又該怎麼辦？」

「如果栞子小姐比你先死的話，我就會把這本書免費送給你。這東西對我來說沒有必要，如果有需要的話，我甚至可以簽下字據給你。是你說我這個人有責任感對吧？我和你約好了就不會反悔。」

「……這個怎麼聽都不像是好提議。」

他露出不耐煩的表情冷哼。我也對此有自覺，不過也無法提出更多好處。接著，我繼續說了下去：

「我不會告訴警方你今天違法侵入我家、準備搶走那本《晚年》。相反地，你要假裝配合交易對象的計畫，和我們一起去抓住那傢伙。」

田中默不作聲。他的反應沒有嘴上說的那麼排斥，可以確定他應該很心動。

「我知道我的提議無法讓你滿意。你如果不喜歡的話，可以現在殺了我，或是讓我受到比栞子小姐更嚴重的傷……否則，一如我剛才說的，我會一輩子追著你。」

說完，我大大喘口氣。手腳仍然麻痺。我已經把該說的事情說完了。

沒有回答——就在我以為「果然還是不行嗎？」的時候，田中不悅地把電擊棒丟在地上。

「我原以為自己是田中家最後的血脈，再也沒有近親了……我可不能打我在這個世界上唯一的表弟。」

然後他跪下，從口袋裡拿出工具刀，將綁住我手腳的膠帶割斷。

「你的說服方式太狡猾了。對你來說最重要的只有篠川栞子，只要是為了保護她，你無論如何肯定會對我撒謊。」

我沉默地動了動恢復自由的手腳。我無法反駁，這個男人說得沒錯。結果我只是利用了田中敏雄對家人的深厚情感，以及他對於傷害他人的恐懼而已。

「但是，我也和你一樣半斤八兩……只要是為了想要的東西，什麼都願意做。我們果真是親戚呢。」

我一抬頭，正好與田中的視線在同樣的高度對上。我們彼此對看了一會兒後，兩人同時湧上笑意。

「我們兩人都擅長撒謊，所以至少舉止要恰當……你不覺得嗎？」

田中借用太宰的一段話，向我提議。

「……大概吧。」

我點頭。

7

從高壓電攻擊中重新站起的田中敏雄，將《晚年》的未裁切書交給我。

我們來不及像他去年潛入醫院時一樣，有足夠的時間準備仿製品，所以這本是正牌的真品。

我把書小心翼翼地收進內袋裡放好。

我這麼做的同時，視線也沒有離開久我山寬子。久我山尚大從田中嘉雄那兒買去的《晚年》正由這位孫女繼承，而且她甚至還想要栞子小姐的那本《晚年》——老實說從她的外表實在看不出來。

「栞子姊，妳從什麼時候開始懷疑我？」

她沒有抬頭，問道。

「前陣子，我在妳家遇到妳的時候……寬子小姐，妳曾說我和大輔交往的事情是在『文現里亞古書堂』聽『文香』說的，對嗎？……這是妳的疏失。」

她沒有回答，只是把手插在防風雨衣的口袋裡，佇立在石階頂端。

「什麼意思？」

我問栞子小姐。我之前問過她是從哪裡判斷的，不過我完全不清楚究竟是什麼樣的疏失。

「我已經向小文確認過，她說上個月鶴代阿姨和寬子小姐到我們店裡來的時候，她沒有提過我們正在交往的事情。進入了這個月之後，妳們兩位也都沒有到店裡來……除了今天鶴代阿姨來了一趟之外。」

「咦？」

我不解偏著頭。這樣不就怪了嗎？

「既然如此，鶴代女士應該也沒機會聽文香提起這件事吧？她說自己是從這個月開始才曉得我們的事。」

「鶴代阿姨是從寬子小姐那兒聽來的……沒錯吧？」

久我山寬子沒有否認。沒想到答案揭曉後，意外單純。我記得久我山鶴代沒說過是「在文現里亞聽到的」，所以稍早之前我還覺得奇怪，以為做壞事的是她。

「寬子小姐聽到大輔的問題，不小心就回答『在文現里亞』，卻因為不能修正，只好補充是『文香說的』……妳在文現里亞聽到確實是事實，但我們誰也沒有告訴過妳。」

「等等。」

此時插嘴的是田中。

「妳的說明也有問題吧？如果文現里亞的人都沒說，她究竟是從誰那裡聽到的？」

栞子小姐點頭，像在說：「這個問題問得好。」我怎麼樣都還無法習慣田中能夠和她正常對話。他們原本是事件的被害人與加害人，不可能像這樣碰面。

「我想已經沒有必要繼續插著，所以就從店裡拆下來了。」

她從肩背托特包裡拿出隨處可見的延長線。終於能夠拆掉了——我也鬆了一口氣。因為這個玩意兒的關係，害我很難好好工作。田中不解地湊近看。

「這是什麼？」

「乍看之下只是普通的延長線，不過……實際上是高性能的竊聽器。」

栞子小姐以犀利的視線看向久我山寬子。

「妳假設我在去年的事件中，沒有燒毀那本《晚年》、偷偷藏了起來……於是趁著與鶴代阿姨一起來店裡時安裝了這個竊聽器，事後再假借田中先生的名義，到店裡留下信。妳是為了想要確認我看到『我知道妳調包《晚年》的猴戲。和我聯絡。』這句話時，會有什麼反應。」

「……原來妳連竊聽器都注意到了。」

「我一開始沒有發現，所以沒多想就在店裡和大輔交談、討論與田中先生接觸的事。」

她坦承自己的失敗。在一旁的田中敏雄板著臉。

「為什麼要用我的名字行騙？」

「我們在當時最害怕的事情就是被田中先生知道那本《晚年》還在。所以冒用這個名字，最適合引出我們的反應。」

田中把臉轉向一邊，沒說半句話。雖說他沒有資格抱怨，不過他還在對栞子小姐的「把戲」生氣，另一方面也是對於害她身受重傷而過意不去。他心裡的感受很複雜。

「但是，過了幾天我就發現了。為了精確知道我們的反應，必須安裝竊聽器……所以在大輔去見田中先生那天，我在店裡到處尋找，終於找到了這個竊聽器。」

我回到店裡時，她說要我看擺在櫃台上的便條紙——我原本以為那是待辦事項列表，結果背面寫著店裡遭到竊聽，並且寫著針對今後行動的具體指示。尤其重要的是「我們不拆掉竊聽器，所以請保持態度自然」以及「暫時要多多使用便條紙互相告知重要事項」這兩點。

正好在前一天，她才向她妹妹坦承與我的關係，這也是為了不讓使用便條紙交談看似可疑的伏筆——不過感到難為情倒是真的，不是演戲。我也很努力保持「態度自然」，不過很傷神，不曉得哪些話可以說到哪個程度。

「妳為什麼不拆掉竊聽器？」

久我山寬子沒有看向栞子小姐，問道。

「為了控制消息。我想只要妳相信我們並未發現遭到竊聽，聽到我們刻意洩漏的資訊時應該也不會懷疑。」

栞子小姐說到這裡停住，眺望著北鎌倉的夜景。在枝葉茂密伸展的雜樹林與家家戶戶的屋頂阻擋下，從這兒看不到文現里亞古書堂的燈光。

「寬子小姐，妳錯估的是名字原本應該只出現在信上的田中先生，居然委託我們找他爺爺賣掉的《晚年》……因為那本《晚年》就在妳手邊，如果我們繼續調查，就會找到妳。

妳原本打算慢慢花時間找出我交給大輔保管的那本《晚年》藏在哪裡……卻又焦慮擔心如果什麼都不做，我們就會發現妳和這件事情有關，所以妳把田中先生扯了進來，並且採用這種強硬的手段。」

我凝視栞子小姐望著夜景的側臉。刻意造成那股焦慮擔心的也是她，不久前她突然向久我山鶴代坦白一切，就是為了引出竊聽者的反應。

老實說我們的調查原本也陷入瓶頸了。我想栞子小姐根本也沒有料到太宰的自家用《晚年》就在久我山家。

栞子小姐雖然是個聰明到很可怕的人，但是她絕對沒辦法看透一切，遇上這樣複雜的事件更是如此。

「寬子小姐。」

她語帶憂愁地說：

「妳為什麼要做這種事？」

沒有回答，問題只是消失在四周的黑暗裡。

「我從妳小時候就認識妳。妳過去經常到我們家裡玩，也經常向我借書。我們的交情絕對稱不上差才是啊。我爺爺和妳外公都經營舊書店，我想我們成長的環境也很相似……妳為什麼要做這種事？」

她又問了一次，對方依舊保持沉默。她的態度令我憤怒，現場的三個人在這次事件中全被這個丫頭耍得團團轉。

「妳是久我山寬子小姐吧？我……以前見過妳。」

突然開口的是田中敏雄。咦？我驚呼。栞子小姐似乎也不知情。

「時間是去年的這個時候，地點就在附近。我當時計劃著要得到他們那本《晚年》未裁切書，在北鎌倉四處奔走，向住戶打聽文現里亞古書堂的消息。」

聽到他這番自覺驕傲的話，我十分吃驚。原來他還做過這種事啊。

「妳當時正好帶著狗在散步。我向妳請教文現里亞古書堂的事，妳說自己知道那家店，還說妳外公過去也經營舊書店，文現里亞是那家舊書店的店員自立門戶開的……妳和那家店的人也仍有來往。他們店裡遇上困擾時，就會抱著舊書到妳家討論，篠川栞子也曾經找妳商量。」

久我山寬子立刻滿臉通紅，肩膀微微顫抖。妳以前做過那種事情嗎？——我僅以眼神詢問栞子小姐，她困惑地搖搖頭——也就是說久我山寬子在撒謊。她為什麼要說那些話呢？

「所以，我就在這裡埋伏。我心想她或許會帶著《晚年》找久我山家的人商量……」

我對於這出乎意料的情況感到愕然，栞子小姐的臉上也瞬間失去了血色。

從以前我就一直覺得不可思議了。一年前，栞子小姐前往久我山家，想送還父親生前借的書。從外表看來，她只是帶著私人物品出門而已，田中為什麼會誤解她手上有《晚年》的未裁切書呢？原來都是久我山家的孫女告訴他的。如果她沒有說那些話，栞子小姐或許就不會在這裡被推下石階了。

「我知道你，田中敏雄先生。」

久我山寬子突然開口，低沉的聲音帶著冷笑，看來天不怕地不怕，就像是變了一個人。

「我也曾經在『神奈川舊書同好會』論壇裡和你交談過，我想你不記得了吧，我的暱稱是『SONOGI』。」

田中不解偏著頭，不過我記得。不久之前才看過使用「葛原」暱稱的田中與「SONOGI」對話的標籤頁面。原來那個暱稱就是她啊。

「我是為了多了解舊書，才上那個論壇，不過我常遇到難以忍受的情況。有很多喔，難以忍受的事。」

她牽動臉頰乾笑，並帶著這個表情，終於對上栞子小姐的視線。

「我和妳的感情一點也不好。」

「咦……」

栞子小姐說不出話來。看她露出傷心的表情，久我山寬子趁勢繼續說：

「妳比我懂得更多知識，動腦速度快，長得又漂亮……每次見面我總是在想——這個人擁有我想要的一切。栞子姊，妳不曾向我借書吧？我曾經向妳借過書，但是所有書都是妳先擁有、先讀過，妳沒有注意到吧？」

她當然不會注意到——我如此心想。栞子小姐只要一談到自己喜歡的書，就會無比愉悅地說個不停。很難定論這樣到底是好還是壞，不過她通常也不會在乎聽她說那些話的人擁有多少相關知識。

「有了喜歡的東西就會想要變得更喜歡，但是我不知道該從何著手……栞子姊，妳應該無法了解追不上更能幹的人，是什麼樣的心情吧？妳老是覺得自己不擅於說話又笨拙，除了書之外什麼也不會，但是在我看來不是那樣。妳相信自己……也坦然接受沒用的自己。所以我才會忍不住撒謊，希望別人覺得我了不起……」

撒謊是指她驕傲地宣稱栞子小姐「也曾經找我商量」這件事吧。因為她希望別人覺得她很厲害的緣故。

「妳什麼都擁有了，還交了一個連妳的缺點都會包容的男朋友……妳只是不知道自己贏過別人多少。」

我因為話題突然來到我身上而僵住，同時也總算理解初次在久我山家見面時，她並非在稱讚我，只是羨慕栞子小姐有了喜歡自己的男朋友，而稱讚這一點罷了。

「可是呢，去年我覺得自己稍微懂了，不只是栞子姊，還有其他打從心底喜歡舊書的人……我看到妳從這裡被田中先生推下去時——」

「看到……？」

栞子小姐喘息般喃喃說道，拿在右手的拐杖開始顫抖。

「妳說『看到』是指妳只是看著，卻什麼也沒有做？」

我終於忍不住開口追問久我山寬子。她仍然面帶微笑，拿下固定頭髮的髮夾，在她背後散開的黑髮，與栞子小姐莫名神似。

「我正要去大學的途中偶然看見的，當時已經來不及阻止……我也想過要叫救護車，不過住在石階底下的人已經叫了。」

「就算如此……」

田中推落栞子小姐的原因，不就在於妳嗎？更重要的是，這個女生對於栞子小姐受傷的事，一點內疚也沒有，說話的態度就像發生了什麼愉快的事情。

「我心想，喜歡舊書的人就是會做這種事吧……做出這麼小心眼又過分的事情。我呢，反而鬆了一口氣。既然知道了這些人既不知性，人品也不高之後，我確信如果是這樣，那麼我也能夠辦到。」

她的反應與我的常識完全相反，她不是厭惡小心眼的行為，而是覺得有共鳴嗎？

「從此以後，我比以前更加埋首調查，也查了不少關於太宰的事情。我家書房裡那些過世外公的舊書將由我繼承……我對於那些書也仔細研究過了。在我第一次看到《晚年》的未裁切書是什麼樣的東西之後，我終於了解，舊書真是好東西……」

她的大眼睛盯著我懷中的內袋。我換手拿包包，試圖轉移她的視線。

「寬子小姐喜歡的不是舊書，而是希望成為喜歡舊書的人，所以想要搶走我的《晚年》，是這樣嗎？」

栞子小姐靜靜地問道。沉默了一秒鐘之後，久我山寬子點頭。

「是啊，這是最快的捷徑。」

「……搞什麼。」

我喃喃說。這樣豈不是本末倒置了嗎？——做到這種地步究竟有什麼意義？又沒有其他人命令她必須這樣做。

「寬子小姐就像《斷崖的錯覺》的主角一樣……為了寫小說而認為自己必須擁有各式各樣的體驗……」

栞子小姐垂低視線，喃喃說道。久我山寬子立刻嗤之以鼻。

「那是太宰匿名寫的小說吧？這種小事我當然也知道。妳想要賣弄這些知識，展現與我之間的差距也沒用，我很早以前就摸清楚妳的想法了。」

聽到這番話，我愣在原地。真正的理由我很清楚，栞子小姐之所以提到《斷崖的錯覺》，是因為她剛剛在車上才說過——而且作品裡被推落懸崖的女人，就像過去被推落石階的自己。

「儘管他已經擁有寶貴的殺人經驗，殺了女子的主角卻再也寫不出小說……我認為奪走別人舊書的人，總有一天將無法再愛舊書……遭到舊書報仇的日子終將到來。」

「栞子姊，妳說得那麼好聽，自己不也是為了保護舊書而騙人嗎？而且現在也騙了許多人，不是嗎？」

「是啊……不過我不會繼續欺騙了。」

她筆直對著前方說道，就像在發誓。

「我不會再做那種事。經由這次的事情我學到了這一點……也打算告訴警方《晚年》還在我手上並且道歉。因為人與舊書緊緊相連，這個連結非常重要……」

這一點與她爺爺抱持「守護人與舊書之間的連結」的主張相似。或許是我多心，感覺她像是在說給自己聽。

「我相信有些人即使搶了舊書，還是有辦法逃過報仇。」

久我山寬子挑釁道，正面迎上栞子小姐的視線。

「平行線啊……我們繼續談下去也不會有共識，我會照自己想做的方式進行。」

久我山寬子的防風雨衣突然一閃，一口氣縮短了和我之間的距離。她的行動比想像中還要敏捷許多。

我必須保護書。我以左手緊緊抱著內袋，右手抓住對方防風雨衣的袖子。我原本是打算順勢閃躲，右手手腕上卻被堅硬的物品抵住，下一秒就全身被電得緊繃。

我不自覺睜大雙眼，看到她自由的那隻手上握著小小的黑色機器。

（備用電擊棒嗎？）

與剛才被我拿走的那支不同，這支外型比較小，一定是藏在防風雨衣的口袋裡。她趁著我的手臂無力時，抽走我懷中的內袋。

「啊……」

久我山寬子一個轉身朝石階跑去，準備跑下階梯逃走。我勉強一踢地面衝過去，在石階的最上階追上她。

我想這一切的發生僅僅數秒鐘，我們在腳步不穩的地方糾纏，我搶回了包包，她立刻用身體衝撞我的胸口，我癱軟往後一仰，以單腳腳踵為重心，抓著對方一起橫飛在半空中。滿布雲層的夜空在眼前展開，無可依靠的背部噴出冷汗。

「大輔！」

栞子小姐的慘叫聲刺進耳朵，我突然回過神來。

（要掉下去了。）

這種時候我的感覺反而異常清晰，就像一年前的栞子小姐一樣。既然要往下摔，也要做好往下摔的準備。我手裡抓著內袋和久我山寬子嬌小的身軀，盡可能緊抱在胸前。

不曉得該說運氣好還是不好，我到最後還是沒有失去意識。石階、繡球花、夜空在眼前轉啊轉，我一邊忍受劇痛折騰，一邊摔落到石階底下。

8

每踩下一步，左肩就陣陣發疼。

我一步步走上十分鐘前跌落的石階。走在我前面不遠處的栞子小姐擔心地頻頻回頭看，她拄著拐杖前進的腳步也不太穩，令我十分擔心。

隔著肩膀往回看，久我山鶴代在下方守護著我們。她的女兒就在她身邊，把頭埋進膝蓋裡蜷縮著。遠處的救護車警笛聲愈來愈近，準備過來載久我山寛子——其實應該還有我。

「你最好現在也去醫院吧？」

走在我旁邊的田中敏雄說道。

「你的傷看起來比那個丫頭嚴重呢。」

我想的確是。久我山寛子稍微撞到頭，意識模糊，不過沒有嚴重的外傷。我的左肩受傷了，不曉得是脫臼還是骨折，但我沒有告訴另外兩個人。

「我也……不能讓你和栞子小姐兩人單獨前往吧……」

我回答。我們的目的地是久我山家，栞子小姐無論如何都堅持要在今晚找到久我山尚大遺留的舊書。田中敏雄也說想要看看自己爺爺原本持有的太宰自家用《晚年》。

剛才，久我山寬子說外公的舊書「在書房裡」。問了母親鶴代之後，她表示書房裡有一個上了鎖的書櫃，也許指的就是那個。聽說因為她們沒有鑰匙，所以多年來一直放著不管。不過也許自己的母親知道些什麼也說不定，於是久我山鶴代替我們打手機給久我山真里，告訴她我們等會兒要過去拜訪。

我們沒有對久我山鶴代交待究竟發生了什麼事，她似乎早已察覺到女兒的所作所為，還是默默接受栞子小姐說的：「之後再為您詳細說明。」

走完石階，愈靠近久我山家，栞子小姐的腳步就愈沉重，臉色也莫名消沉。

「妳不要緊吧？」

「我沒事，只是有點緊張……大輔才是，你還是先去醫院比較好。」

「我沒關係，沒有什麼嚴重的外傷……為什麼緊張？」

她稍微猶豫著該不該說。

「該怎麼說呢……我幾乎沒有和真里婆婆講過話。」

「她也是喜歡書的人吧。妳們應該聊得來啊。」

「我也是這樣想，但是……我覺得她總是避著我。也許是不喜歡我吧，所以我很難踏進他們家裡。」

這麼說來，我們上次前往久我山家的時候，我也感覺到栞子小姐與那家人之間有一種莫名的距離感。可是她不喜歡栞子小姐的原因是什麼？

在玄關按了門鈴後，一位中年婦女現身。她是住在附近的親戚，久我山鶴代在醫院期間委託她代為照顧久我山真里。

我們三人被領進書房裡，久我山真里還是和上次一樣躺在床上。栞子小姐誠惶誠恐地開口問候，即便如此白髮婆婆也仍舊閉著眼睛沒有動靜。既然才與女兒通過電話，她應該直到剛剛都還醒著才是啊。

大概是因為我們想找尋珍貴的舊書吧。我們請看護退到隔壁房間，關上拉門。根據久我山鶴代表示，書桌上的對開式書櫃很可疑，上頭的確鎖著，我們也找不到其他附門式書櫃。

「真里婆婆……您有這個書櫃門的鑰匙嗎？」

沒有回應。我心想會不會是睡著了，不過栞子小姐不死心地對她說：

「拜託您……我無論如何都希望能夠在今晚確認完畢。不管這扇門能不能打開，我想明天警察都會找上門來。」

等了一會兒，對方還是一動也不動。栞子小姐正要再度開口時，她閉著眼睛，朝我們遞出了鑰匙。

（假睡嗎？）

我愣在原地。栞子小姐道謝後接下鑰匙，越過房間，打開書櫃的鎖。書櫃門發出吱嘎聲之後打開，在意想不到的寬敞空間裡，好幾本書橫放成堆。從我這裡看不見書背，不過從紙質一眼就能看出那些是舊書。我們想找的《晚年》就在最上面，從大小和厚度立刻能分辨。栞子小姐神情緊張地抽出那本書擺在書桌上，我和田中也隔著她的肩膀看過去。

那本《晚年》的狀態確實不怎麼好，書封很髒，也沒有書腰，什麼也沒印的書背角落還有著小傷痕。

翻開襯頁，左邊的「自●用」首先映入眼簾。「●」底下隱約可看見寫著「殺」字。旁邊加寫了一個「家」字。

右邊貼著名片大小的紙張，標題寫著「借款一覽表」，以及人名和數字。

我沉浸在不可思議的想法中。這真的是七十五年前擺在太宰治本人手邊的書呢。光是我們所知道的，這本書曾經在杉尾的父親、田中嘉雄、久我山尚大的手上輾轉流離。書本身、曾經擁有這本書的太宰本人、後來擁有過的每個人身上也都有各自的故事。那一切全都匯集在這一冊。

田中敏雄伸出手，輕輕摸了摸書口。

「果然不是未裁切書，雖然從剛才的照片上看不出來。」

聽他這樣一說，我才注意到前面幾頁的內頁已經被工整地割開。

「可是……是誰割的呢？」

我不解偏著頭。書在田中嘉雄手上時，應該是未裁切的狀態。難道是收購的久我山尚大？不，舊書店的人不可能會做這種蠢事。那麼，到底是誰——？

我往下看著左肩，疼痛的地方擴大變得更痛了。我無法整理思緒，打定主意離開這裡之後就直接前往醫院。

背後傳來咳嗽聲，彷彿在催促我們已經看夠了吧。栞子小姐轉頭看向床上，眼鏡後側的雙眼瞇起。雖然不曉得為了什麼，不過我知道她在生氣。

栞子小姐闔上書，快速收進書櫃裡鎖上，再度來到床邊，把鑰匙遞給久我山真里。血管突出的手伸過來。

「想要搶走我的《晚年》的人——」

栞子小姐突然以嚴肅的聲音說：

「就是婆婆您吧。」

老婦的手指在半空中停住。

「咦？」

我雙眼圓睜。

「但是想要搶《晚年》的人是剛剛的……」

「寬子小姐恐怕只是遵照婆婆的指示行動罷了。婆婆以轉讓那個書櫃裡的舊書為條件，讓寬子小姐獨自策劃並且執行一切。我說錯了嗎？」

我突然想起久我山寬子說過的話，她說過外公的舊書「將由我繼承」，表示那些還不是她的東西，只是有人說好了要讓給她。這種情況下，能夠與她約定的人，也只有外婆了。久我山真里接過鑰匙後，再度恢復原本的姿勢，閉上眼睛。

「……我不知道。」

她以沙啞的聲音乾脆否認。栞子小姐的表情變得很嚴肅。

「寬子小姐提到這裡那本《晚年》時，曾說：『在我第一次看到《晚年》的未裁切書是什麼樣的東西之後，我終於了解』。但是，那本不是未裁切書。寬子小姐連這件事都不知道，該不會婆婆您連一次也不曾讓寬子小姐親眼看過那本書，頂多只給她看過手機拍的照片吧？」

對了，田中給我看過的那張照片很模糊，畫質無法分辨是不是未裁切書。

「那麼，拍照的人是……？」

我問栞子小姐。老實說每次開口，我的肩膀就好痛，但是現在要問的事情比較重要，疼痛什麼的無所謂。

「當然是婆婆。她會使用手機，也會使用電腦，也懂得和寬子小姐視訊對話……啊啊，這麼說來——」

栞子小姐神經質地豎起一根手指。她真的相當生氣。剛才還說見到對方會緊張，現在卻毫不膽怯地追問著。

「在那個論壇上告訴田中先生我有《晚年》的人，也是婆婆吧？因為不管是那個時候或是現在，寬子小姐都沒有看過《晚年》的未裁切書。」

我也一直覺得哪裡奇怪。的確，「SONOGI」如果是久我山寬子的話，栞子小姐被推落之前，她應該就對《晚年》相當熟悉。而那個對話中的「SONOGI」對於未裁切的初版書，卻是說：「我也曾經見過那本書。」

「那個帳號是兩位一起共用，或是婆婆請寬子小姐幫忙申請的吧。」

久我山真里的雙眼不知何時已經睜開盯著天花板。我還注意到另一件重要的事。如果「SONOGI」是這個人的話，那麼告訴田中敏雄文現里亞古書堂有《晚年》的人，也就是她——她就是讓栞子小姐捲入事件的始作俑者。

「……婆婆。」

栞子小姐站著，朝床上探出上半身，強行與老婦人的四目相對。亮澤的黑髮遮住了表情，所以我無法看清楚。

「剛才寬子小姐和那邊那位大輔一起跌下石階了……她現在人在醫院。」

很明顯地栞子小姐邊咬牙切齒邊說話，穿著深藍色襯衫的肩膀微微顫抖。

「他們很可能會因為您做的事情，像我一樣身受重傷啊！大輔也是、寬子小姐也是！他們可能會死掉啊！」

我第一次看到她對母親之外的人釋放出這麼多的情感。久我山真里似乎被她大喊的音量嚇到了，最後又慢慢恢復面無表情，她閉上原本睜開的雙眼。

「……死了又如何？」

嘴裡發出細微的聲音。

「我已經快死了……即使我沒有做錯什麼，也見不到下一個秋天了。」

好一陣子沒有任何人開口。栞子小姐吐了一口氣，抬頭挺胸，似乎想要稍微找回冷靜。在一旁觀看的我倚向附近的書櫃，現在已經連站著都覺得痛苦了。

「……你快去醫院吧！」

田中小聲說。我默默搖頭，我希望親眼看到結果。應該再一下子就結束了。

「您為什麼要做這種事？」

栞子小姐問了與剛才質問孫女時同樣的問題。老婦人眼瞼底下的眼球緩緩移動，房間裡一片死寂。

「……有件事情我一直很想做。」

最後，她一字一字開始說起。

「我希望一邊拿著刀子割開書頁，一邊閱讀太宰的《晚年》未裁切書……久我山死的時候，我心想這個願望總算可以實現了。那個人自己收藏著一批專屬藏書，打算只讓他決定的繼承人看到而已。

但是，沒有人繼承舊書店，所以藏書成了我的東西……那些寶物除了我以外，沒有人知道。當中應該也有從那位田中嘉雄手上買來的《晚年》未裁切書……」

她閉上雙眼，皺著眉頭。她果然知道田中嘉雄，一開始還裝傻。

「但是我一翻開內頁才發現不是未裁切書，有一部分已經被割開了。」

「割開書頁的人是誰呢？」

栞子小姐問。我拚命保持逐漸稀薄的意識，這件事我一直很好奇。

「我想是前任的持有者田中先生。」

「我爺爺？」

田中敏雄驚訝地反問。

「他為什麼要做這種事？」

「他來賣書的時候，出了點狀況……似乎故意在當場把書頁割開。久我山很生氣，因為這樣一來價值就降低了。」

原來是這樣——我隱約心想。吃盡苦頭的田中嘉雄賣掉自己真正在乎的舊書時，順便對久我山報了一箭之仇。

「……真像是爺爺會做的事，不是嗎？」

田中敏雄以只有我能聽見的音量小聲說。

「他無法下手撕破並扔掉舊書……即使要把書交給可恨的人。」

這一點是好是壞，我無從判斷。不管怎麼說，田中嘉雄就是這樣懦弱又體貼的人。

「我很想一邊割開《晚年》的書頁，一邊閱讀到最後……讀完後，我想在那天死去……我想把它當作是人生的最後一本書。」

她的聲音突然變得含糊不清。

「那個作品集是太宰的起點……可以聞到明顯的青春香氣。我希望自己能夠在晚年體驗到這一點之後再死……」

她大概真的快睡著了吧，聲音像是從夢境與現實的縫隙之間傳出。

「……小栞。」

「什麼事？」

「妳的《晚年》可以給我嗎？」

栞子小姐一瞬間緊咬住嘴唇。是因為怒火無處發洩或是鬱鬱寡歡？還是受到其他情緒襲擊？

——最後她靜靜搖頭。

「不行。」

「……這樣啊……真可惜。」

久我山真里開始發出安穩的鼾聲。與此同時，我的力氣也盡失，在劇痛中跌坐在地上，視線逐漸變成一片黑。最後，栞子小姐呼喚我名字的聲音聽來彷彿來自遠方。

接下來的事情，我就不記得了。

終章

我對篠川智惠子詳細說明這十天以來發生的事情始末。

我想自己應該是花了很長一段時間才說完。當我說到自己昨天晚上在久我山家昏倒時，天色已經逐漸變黑，窗外變成了深灰色。

篠川智惠子起身打開日光燈，病房裡突然充滿白亮的燈光。

「真辛苦啊。五浦你也是。」

她以不帶同情的聲音慰問我。我不覺得高興。

「被送到醫院之後，發生什麼事了？」

「目前是……我想警察大概會過來一趟。」

久我山真里和她的孫女寬子想要搶奪栞子小姐的《晚年》，這很明顯是犯罪行為，其他人應該已經報警了。雖說我不知道具體而言有哪些行為必須追究刑責，而栞子小姐也已經向警方坦承《晚年》沒有在去年的事件中燒毀。

警方應該會來問我來龍去脈，包括這件事在內。

「鶴代女士想要處理掉久我山尚大的藏書。剛才通電話時，她找我商量這件事。」

我突然湧上倦意。

「您和鶴代女士一直都有聯絡嗎……？」

她是清楚這次事件的其中一人。篠川智惠子究竟是為了什麼目的，讓我說了這麼久？她不是早就全都知道了嗎？

「我和她從以前感情就很好，她是那個家裡最認真的人。那個藏書究竟是誰的，目前還有爭議，所以也沒辦法那麼簡單就賣掉……你們也和田中敏雄約好了會弄到那本《晚年》對吧？可能性還有很多。」

一聽到田中的名字，我突然想起一件事。有件事情我無論如何都想找這個人確認一下。

「對了，關於田中嘉雄那本《晚年》的消息，是您告訴田中敏雄的吧？」

篠川智惠子微笑坐回椅子上。她一笑，更加深眼角的皺紋，反而使她看起來很孩子氣。

「是的。你怎麼知道？」

「在那個時間點上，毫無關係的人不可能會發送出那樣的訊息……再加上栞子小姐完全沒有接觸這件事。」

這個人退出論壇，就是為了不讓其他人發現自己留過哪些留言。這種小手段，栞子小姐應該早在某個時間點就識破了。因為這件事與母親有關，所以她刻意忽視。

「哎呀，原來是這樣。」

太陽眼鏡後側的雙眼大睜，感覺她有點把我當笨蛋。

「您為什麼要發送訊息給田中呢？」

既然小手段對她不管用，我只好直接問了。

「我想他應該也想知道吧。」

不出所料還是只得到目中無人的回答。如果她與久我山家的人熟識，應該早就察覺那位老婦人想要栞子小姐的《晚年》。

利用田中敏雄左右整個情況，讓久我山家的兩個人手忙腳亂，以結果來說，她是幫了我們大忙——不過我覺得應該只是我想太多了。不管怎麼說，我希望她如果想幫忙的話，可以採用一般的方式，不需要害我受這麼重的傷。

「我的母親住在深澤。」

篠川智惠子突然這麼說。我過了一會兒才發現她是在回答我先前的問題——五月那一天，她在深澤車站附近做什麼？

「去……見母親嗎？」

「只是打聲招呼，很快就離開了。」

我想了想。

「所以那位應該是栞子小姐她們的外婆吧？」

「是啊。她們不曾見過她，而母親也沒有那個意願。她現在與家人住在一起，那些人和我沒有血緣關係，姓氏也和以前不同了。」

看樣子她的家庭狀況十分複雜。大概是因為這樣，所以至今都沒有往來吧。

「好了，我差不多該回去了。」

她起身拿著傘。我好像有什麼要說又好像沒有，感覺坐立不安，每次與她碰面時總是這樣。

「既然到了這裡，不去看看栞子小姐嗎？」

「今天就不去了……對了。」

「什麼事？」

「五浦，你看過久我山先生家裡那本太宰自家用《晚年》吧？」

「看是看過……」

為什麼突然這麼問？我困惑地點頭。僅僅幾秒鐘時間，她雙眼緊盯著我，像是要讀出什麼。

最後她終於滿意點頭。

「這樣。那麼，改天再會了。」

篠川智惠子一如往常踏著輕盈腳步，離開病房。

我坐在病床上沉思。

為什麼要我花那麼多時間告訴她那些她已經知道的事情？這個女人不會浪費時間。所以一定事出必有因。

她不是想從我身上了解這次的事件，既然如此她想知道的是我的想法，她是過來確認我在這次事件中是否察覺到什麼了。

（你看過久我山先生家裡那本太宰自家用《晚年》吧？）

這個問題是什麼意思？一定是某種暗示。

太宰自家用《晚年》，一直藏在久我山家裡的一本書。田中嘉雄賣書時把書頁割開了所以不再是未裁切書——

「咦？」

這麼說來有件事情很奇怪。我以手指按著太陽穴，回溯記憶。篠川智惠子寫給田中敏雄的訊息中寫著那本《晚年》不是未裁切書。

但，她究竟是從哪裡得知這件事情呢？

久我山真里對於家人也隱瞞沒說，把那本書當成是自己的寶物。久我山尚大也是一樣，他一定不曾將那本藏書給人看過——除了自己的繼承人之外。

「不會吧……」

我止不住顫抖，感覺渾身都要結冰了。

一切沿著線索連接在一起。久我山鶴代曾說她的父親有情婦，就住在距離北鎌倉不遠的地方，甚至有了孩子。深澤距離北鎌倉當然也不遠。

他曾經帶那個孩子回自己家，只有那麼一次。那趟或許是為了讓孩子看看那些藏書——那個他打算立為繼承人的孩子。

假如篠川智惠子就是久我山尚大的女兒——

栞子小姐當然就是他的孫女了，那個毫不留情奪人藏書的人的孫女。

我將視線轉向病房窗戶，外頭不知不覺已經天黑，黑漆漆的窗子倒映著我鐵青的臉。

我察覺自己不小心看見了黑暗的深處。我當然沒有證據。說起來，她如果是繼承人的話，為什麼繼承人沒有繼承久我山書店，反而在害父親栽跟斗的「宿敵」篠川聖司的店裡工作，還嫁給了他的兒子呢？

我完全搞不清楚狀況。不對，我害怕深入了解真相。

最好也別去找什麼證據。

我在心中堅決發誓，這件事將成為我一個人的祕密。

後記

感覺上完成這一集所花費的時間比前一集短了許多，不過看看月曆就會發現，完全沒這回事。真抱歉，我是三上延。

或許是因為我寫了這系列的作品，有時會受邀參加與書相關的活動，擔任特別來賓。我很感謝各位的邀請，不過各位都會誤以為我對書很精通，每次解釋時總是讓我汗如雨下。

我不是謙虛，而是真的只具備基礎知識。我在舊書店打工也已經是十幾年前的往事了，只要有不知道的地方，我一定會拚命閱讀、調查資料。

但是，幸好我不討厭調查。每次有新發現時，我總會獨自興奮：「原來是這樣啊！」所以請各位邀請我出席活動時，找我聊這類開心事就好。我也沒有其他值得抬頭挺胸大聲說的事情……

回歸正題。這次一整集的主題都是太宰治。我一直想要在《古書堂事件手帖》這個系列的某集再次提到太宰治，在寫前一集的時候，我開始有了「時機到了」的想法。所以在調查寺山修司的同時，也順便閱讀了他的同鄉太宰治的資料。

太宰本人似乎不太談論自己的作品，但是，同時代的證詞和後世的評論為數眾多，而且他的作品大多是一本接著一本出版，並持續為讀者所閱讀。在舊書這個主題，以及《古書堂事件手帖》系列作品的限制之下，我煩惱該如何處理這位罕見的作家。總之我先調查了能夠查到的內容、一點一點地寫下去，最後完成的就是這一本。我希望各位能夠感受到我那股「原來是這樣啊！」的興奮之情。

這次也受到許多人幫忙。神奈川近代文學館的各位、KEYAKI書店的各位，感謝你們珍貴的資料。另外就是我私下想感謝在新潟遇到的「漫畫研究會　犀之目」的各位，謝謝你們的照顧。

下一集或下下集，就是《古書堂事件手帖》系列的完結了。

如果各位能夠再陪我走一段路，本人甚感榮幸。第七集再會了。

三上　延

參考文獻（省略敬稱）

《太宰治全集》（筑摩書房）
太宰治《晚年》（砂子屋書房）
太宰治《越級申訴》（月曜莊）
太宰治《皮膚與心》（竹村書房）
太宰治《晚年》（新潮文庫）
太宰治《跑吧，美樂斯》（新潮文庫）
西塞羅《論義務》（岩波文庫）
Gaius Julius Hyginus《希臘神話集》（講談社學術文庫）
《世界文學大系》（筑摩書房）
山內祥史《太宰治年譜》（大修館書店）
山內祥史編《太宰治研究2》（和泉書院）
神谷忠孝、安藤宏編《太宰治全作品研究事典》（勉誠社）
《太宰治論集　作家論篇》（YUMANI書房）

《太宰治論集　同時代篇》（YUMANI書房）
相馬正一《太宰治的生涯與文學》（洋洋社）
相馬正一《評傳　太宰治》（津輕書房）
日本文學研究資料刊行會編《日本文學研究資料叢書　太宰治Ⅰ、Ⅱ》（有精堂出版）
長篠康一郎《太宰治　文學專輯》（廣論社）
長篠康一郎《太宰治水上殉情》（廣論社）
奥野健男《太宰治論》（新潮文庫）
井伏鱒二《太宰治》（筑摩書房）
津島美知子《回憶中的太宰治》（講談社文藝文庫）
山岸外史《人間太宰治》（筑摩文庫）
檀一雄《小說　太宰治》（岩波現代文庫）
太田靜子《斜陽日記》（朝日文庫）
太田治子《朝著光明處去　父．太宰治與母．太田靜子》（朝日文庫）
龜井勝一郎《無賴派的祈求》（審美社）
石川淳《安吾的風景：敗荷落日》（講談社文藝文庫）
坂口安吾《教祖的文學　不良少年與基督教》（講談社文藝文庫）

野原一夫《回憶　太宰治》（新潮社）
野原一夫《太宰治與聖經》（新潮社）
別所直樹《鄉愁的太宰治》（審美社）
堤重久《與太宰治的七年》（筑摩書房）
久保喬《太宰治的青春像》（朝日書林）
小山清編《太宰治的手寫信》（河出新書）
《誕生一〇五年　太宰治展　―沒說完的話―　圖錄》（縣立神奈川近代文學館）
日本近代文學館編《圖說　太宰治》（筑摩學藝文庫）
小林靜生等人編《東京舊書商會五十年史》（東京都舊書籍商業同業公會）
商會史編撰委員會編《神奈川舊書商會三十五年史》（神奈川縣舊書籍商業同業公會）
反町茂雄編《紙魚的往事　昭和篇》（八木書店）
八木福次郎《古本便利帖》（東京堂出版）
出久根達郎《作家的價值》（講談社）
川島幸希《簽名書的世界　從漱石、鷗外到太宰、中也》（日本舊書通信社）
森田鄉平、大嶺俊順編《回憶55則　松竹大船拍攝片廠》（集英社新書）
週刊朝日編《價格的明治大正昭和風俗史》（朝日文庫）

山本武臣《繡球花的故事》（八坂書房）
赤瀬川原平《東京混合計畫　Hi Red Center　直接行動紀錄》（PARCO出版局）
查爾斯．狄更斯《小杜麗I～IV》（Little Dorrit）（筑摩文庫）

輕文學 Light Literature

©NAOKI YUKITA 2014

彷彿踏入「神隱少女」的時空，帶著懷念的和風滋味。
日本七刷暢銷系列作！AMAZON 五星溫馨療癒推薦！

巷弄間的妖怪們 綾櫛小巷加納裱褙店 1~3

行田尚希／著　江宓蓁／譯

綾櫛小巷的加納裱褙店住著一位神祕的美女裱褙師——加納環，除了一般的裱褙工作之外，她還會接受檯面下的委託，鎮壓住隱藏於畫中的思念。她與一群生活在現代的妖怪們，小學生天狗、詐欺師狸貓、冰店打工妹雪女、美髮師河童……交織出一段段不可思議的故事。最暖心的妖怪物語，感動完結！

定價：各 NT$280/HK$85

輕文學 Light Literature

© NATSU ASABA 2014

無論任何時代，人的心中都是有所祈求的。
但神的願望，又有誰能聆聽？

諸神的差使 1~2

淺葉なつ / 著　王靜怡 / 譯

當上神明的差使的良彥，為了辦妥差事忙得團團轉：任務一，幫神明找尋能暖身又暖心的溫泉；任務二，幫住在橋下的窮神找新住處；任務三，幫身陷水井裡的神脫離水井；任務四，幫女神治療祂丈夫的花心老毛病！就在良彥四處奔波時，他認識一個不可思議的少女——穗乃香。心懷祕密的她，究竟和神明有何關聯？

定價：NT$260/HK$78

輕文學 Light Literature

©KOICHI NITORI 2014

和菓子的溫暖滋味，
牽起人們的羈絆，帶來一場場奇妙的事件。

期待您大駕光臨 老街和菓子店 栗丸堂 1

似鳥航一／著　林冠汾／譯

座落於淺草老街一隅的「栗丸堂」，是一間歷史悠久的和菓子老店。第四代的老闆栗田仁，雖然犀利的目光令人望而生畏，卻是個手藝精湛的和菓子師傅。然而，他自過世的雙親手上接下店舖後，店內生意一落千丈。擔心栗田的友人，為他介紹一位充滿謎團的「和菓子千金」——葵。與葵的邂逅，大大改變了栗田……

定價：各 NT$240/HK$75

國家圖書館出版品預行編目資料

古書堂事件手帖．6，栞子與迂迴纏繞的命運／
三上延作；黃薇嬪譯．
-- 初版．-- 臺北市：臺灣角川，2015.06
面；　公分．--（輕．文學）

譯自：ビブリア古書堂の事件手帖．6，
～栞子さんと巡るさだめ～
ISBN 978-986-366-528-1（平裝）

861.57　　　104007246

輕文學 Light Literature

古書堂事件手帖 6 ～栞子與迂迴纏繞的命運～

原著名＊ビブリア古書堂の事件手帖 6 ～栞子さんと巡るさだめ～

作　　者＊三上 延
插　　畫＊越島はぐ
譯　　者＊黃薇嬪

2015 年 6 月 25 日　初版第 1 刷發行
2020 年 1 月 8 日　初版第 2 刷發行

發 行 人＊岩崎剛人
總 經 理＊楊淑媄
資深總監＊許嘉鴻
總 編 輯＊呂慧君
主　　編＊李維莉
設計指導＊陳晞叡
印　　務＊李明修（主任）、張加恩（主任）、張凱棋

台灣角川

發 行 所＊台灣角川股份有限公司
地　　址＊105 台北市光復北路 11 巷 44 號 5 樓
電　　話＊（02）2747-2433
傳　　真＊（02）2747-2558
網　　址＊http://www.kadokawa.com.tw
劃撥帳戶＊台灣角川股份有限公司
劃撥帳號＊19487412
法律顧問＊有澤法律事務所
製　　版＊尚騰印刷事業有限公司
I S B N＊978-986-366-528-1

※ 版權所有，未經許可，不許轉載。
※ 本書如有破損、裝訂錯誤，請持購買憑證回原購買處或連同憑證寄回出版社更換。

©EN MIKAMI 2014
First published in 2014 by KADOKAWA CORPORATION, Tokyo.
Chinese translation rights arranged with KADOKAWA CORPORATION, Tokyo.